走れ外科医

泣くな研修医3

中 山 祐 次 郎

目次

プロローグ　5
Part 1　向日葵《むかいあおい》、二一歳　13
Part 2　議員さん　68
Part 3　アメリカ　124
Part 4　レントゲン　163
Part 5　兄と父　214
Part 6　夜明け　295
エピローグ　390

HYに

プロローグ

雨野《あめの》隆治《りゅうじ》は声を荒らげた。

「何を言ってるんですか！　いまこっちの外傷の患者さんを診《み》ていて、救急車がこれからもう一台来るんです。今夜は牛ノ町《うちち》病院は僕一人なんです。さすがに対応できませんよ！」

今日はあいにく下につく研修医もいない。

「そう言われましても……牛ノ町《うしのまち》病院さんが受けてくれないと、もうどこも……」

電話口の救急隊員は、まだ若手なのだろう、弱々しい声でそう言ったので、隆治は少しトーンダウンして続けた。

「……ちなみにその患者さんの、かかりつけの病院は当たったんですよね？」

「はあ……」

「夏生《なつき》病院でしたっけ？」

「ええ……当たったのですが……他患《たかん》対応中につき受けられないとのことでして……」

──またあの病院か。

救急外来の壁にかかった古い時計をちらと見る。夜中の二時を回ったところだ。

電話の向こうに聞こえないようため息をついて、

「……わかりました、牛ノ町《うしのまち》病院で受けますから来てください」

と言った。

「ありがとうございます！　二〇分で到着します！」

嬉しそうに救急隊員は言うと、電話を切った。

両手を腰に、目の前に立っているのは看護師の吉川佳代《よしかわかよ》だ。

「せんせ、さすがね。偉いじゃない」

その笑顔が怖いが、隆治は気づかないふりをした。

「ん？　そうですか？」

「四年目のドクターともなると違うわね」

吉川とは研修医のころから、つまり四年前から病棟や救急外来で一緒に仕事をしている。まだ右も左もわからない頃から優しく教えてくれた、隆治にとって仕事のやりやすい看護師だった。思い出せば何度もあったピンチは、吉川のおかげでなんとかなったこともあった。

「救急車を二台受けときながら、さらにもう一台受けるなんて見上げたものよ。こんな土曜日の深夜に」

「……吉川さん、それ嫌味ですよね？　救急外来《きゅうがい》のナースとして」

どうかしら、と笑うと吉川は救急車で運ばれた患者が最初に入る初療室《しょりょうしつ》に入っていった。ワンピース型の白いナース服が、この夜中の目には眩《まぶ》しい。

隆治は目をこすると、考えた。

――いま診ている、一台目の救急車の交通事故の患者は検査中だ。レントゲンやらCTやらが終わったら戻ってくる。痛みは強いが生命兆候《バイタル》は安定しているから大丈夫だろう。二台目の救急車がそろそろ来る、こちらは高齢女性の腹痛だから嫌な予感だ……そして最後の、さっきの電話は……なんだっけ？

いいかげん夜中になり眠くなってきたのか、さっき受けた救急車の患者の詳細を忘れてしまった。救急外来の真ん中にあるテーブルで、看護師のメモを見た。

救急隊：下町

患者：21歳　女性
主訴：腹痛、吐き気
救急隊からの情報：詳細不明だが抗癌剤治療を現在施行中、本日24時から腹痛が出現。
我慢していたが痛みが強くなり救急要請

——抗癌剤《ケモ》？　二〇代で？

こちらも一筋縄ではいかない気がした。そうだ、だから救急隊員に「かかりつけの病院で診てもらうように」と強く言ったのだった。

ようやく思い出すと、隆治はいそいで電子カルテの前に座り一台目の交通事故患者のレントゲンとCTの結果を見た。できれば骨のレントゲンは整形外科医に、頭のCTは脳外科医に見てもらいたいところだが、あいにく今日に限って牛ノ町病院の当直は外科の隆治ひとりだ。

——うん、まあ大丈夫かな……たぶん……。

夜中に帰宅中、居眠り運転をして電柱に突っ込んでしまったその六〇代の男性のCT画像は、とくにどこも悪くなさそうだった。衝突したときのスピードは時速四〇キロほどあったそうだが、シートベルトをし、エアバッグも作動したのが良かったのだろう。

「吉川さーん」

隆治は大きな声で呼んだ。吉川はすぐに初療室から出てきた。

「あら、もう画像見たの？」

「ええ、一応骨折もなさそうだし頭も大丈夫っぽいので、朝までここで休んでもらいましょう。経過観察ってことで。で、朝に整形《せいけい》外科と脳外《のうげ》科に画像も見てもらいますんで」

「わかったわ、患者さんには軽く話しとくからあとで先生説明してね。もう次の救急車来てるから」

「もちろんです、ありがとうございます」

こういう融通がきくのが吉川のありがたいところだ。他の看護師だったら、こうはいかない。「説明は先生の仕事ですのでできません」になるだろう。


もう一台の救急車はすでに到着していた。患者は初療室におり、吉川ともう一人の夜勤看護師がてきぱきと血圧を測りモニターを装着しながら問診をしていた。傍らには若そうな救急隊員が直立不動で立っている。

隆治が行くと、隊員が喋り出した。

「お疲れ様です！　上野救急です！　患者さんは八七歳女性、既往歴は高血圧、糖尿病

「……」

「ちょ、ちょっと待ってください！　先に診察しないと！」

「ハッ！　失礼いたしました！」

救急隊員は勢いがある。いつもそうだ。

ストレッチャーには、白髪の女性が目をつぶって横たわっている。ずいぶん小さい。身長は一三〇センチ台だろうか。

——あんまりよくなさそうだな……。

「古山《ふるやま》さん、八七歳、意識《レベル》は清明《アラート》、血圧130の82、脈拍《レート》80、腹痛なし」

吉川が淡々と言う。

「ありがとうございます。……え？　腹痛なし？」

隆治は吉川と目が合った。吉川はため息をついている。

「ごめん、先生初めてだっけ？　この人、常連さんよ」

「常連さん？　そんな人いましたっけ」

「カルテ、見てみて。この時間になると来るのよ、二週間に一回くらい。無症状で」

隆治は一応診察をしようと、老婆に話しかけた。

「古山さーん」

反応はない。

「耳が遠いの」

吉川が助言する。

今度は耳元で大声を出した。

「ふるやまさーん！」

すると目が開いた。

「おなか、いたみますか！」

「……ちょっとはね」

受け答えはできるようだ。まぶたをめくって見たところ、貧血や黄疸《おうだん》もない。一通り頭や首を診察し、服をめくってお腹を見た。

「おなかを触りますよ！」

そう声をかけてからお腹を触診する。シワだらけの小さなお腹を触りながら、老婆の顔を見た。お腹は柔らかく、どこを押しても顔をしかめるところはなかった。

「確かに大丈夫そうだな」

隆治は小さい声で言った。

「吉川さん、念のためレントゲンと採血しといてもらえます？　オーダー入れますので」

「わかったわ、それもいつものパターンだけどね」

「それと救急隊員さん、お話教えてください」

「ハッ！」

直立不動で待っていた救急隊員は、隆治に近寄ると報告を始めた。

「お疲れ様です！　上野救急です！　患者さんは八七歳女性、既往歴は高血圧、糖尿病……」

長々と続く報告を聞きながら、隆治は要点をカルテに記載していく。夜中の救急外来に、心臓の動きを示す電子音と、キーボードを叩く音がカタカタと響く。

「じゃあ検査、行ってきてください。ご家族も来てるよね、検査してるので待っててくださいと伝えてね」

「わかりました。で、先生、そろそろ次の救急車も診てもらえる……？」

「了解っ！」

隆治は勢いよくEnterキーを叩くと、立ち上がった。

Part 1　向日葵《むかいあおい》、二一歳

「おはようございます。それでは会議《カンファ》を始めます」

外科の岩井《いわい》が言うと、隆治は電子カルテを操作した。暗い部屋の中で、プロジェクターによりスクリーンに投影された電子カルテ画面は、次々に患者の採血データ、内視鏡の写真、CT画像を映していく。

「……七〇歳男性、胃癌の患者です。幽門側にこのような境界明瞭な腫瘍を認め、二型と判断しました。続いてCTではリンパ節転移を認めず、遠隔転移もありません。……幽門側胃切除《ディスタール》の予定です」

隆治は来週の手術症例をテンポよく発表《プレゼン》していった。質問があるときを除いては、七時半から始まる朝のカンファレンス室はとても静かだ。早朝の不機嫌な外科医たちは黙って聞いていた。

「はい。続いて問題症例。ある？」

外科の上司の岩井が言った。背の高い岩井は、他の外科医と同じようにやはり朝は決まって不機嫌だ。思わず勢いに負けて「ありません」と言ってしまいそうだが、隆治は続けた。

「はい、あります。お願いします。先週末救急外来《きゅうがい》に来た患者さんです」

スクリーンにはカルテが映し出された。

「二一歳女性、腹痛を主訴に救急搬送されました。既往歴に胃癌があります」

隆治はカンファレンス室の空気が一変したのを感じたが、続けた。

「もともと関西に住んでいて、初回の手術はそちらで受けています。その後、東京に引っ越してきて夏生病院かかりつけになっていたようです」

「夏生ってどこだっけ？」

岩井が野太い声を出す。

「すぐそこですよ、ちょっと北のほうの」

さっと口をはさんだのは隆治の四学年先輩にあたる外科医、佐《さ》藤《とう》玲《れい》だ。画面の青い光に照らされた佐藤の顔は、いつもどおり怖いくらいに整っている。

「あそこ、よく救急車断るんですよ。事務方が、緊急手術か集中治療室《ICU》に入りそうな重症の救急車以外は受けるなとか医者に言ってるらしく」

岩井は何も言わない。

カンファレンス室は静かだった。隆治は続けた。

「で、夏生に断られまして、僕が受けました。来たときには腹痛はそれほど強くなかったのですが、イレウスになっていましたのでそのまま入院としました」

「機械的《メカニカル》？」

岩井が面倒臭そうに言う。

「だと思います。イレウス管を入れるほどでもなかったので何もせず保存的《コンサバ》で禁食で診ていますが、改善傾向です」

「じゃあいいじゃねえか」

岩井は不機嫌そうに言った。

「いえ、それからどうしようかと思いまして。食事を始めようと思うのですが、改善した後はうちで診るか夏生に診てもらうか」

かかりつけになっている夏生病院であれば、癌についての情報もいろいろあるだろう。

「そりゃあお前、夏生でまた診てもらえ」

また面倒臭そうに岩井が言った。他に誰も何も言わない。

「わかりました」

「紹介状書いて、ちゃんと連絡しろよ」

「はい」

暗いカンファレンス室で、その二一歳の癌患者のカルテは音もなくモニターに大きく映し出されている。隆治は数日前の救急外来を思い出していた。

＊

隆治が到着したばかりの救急患者の部屋に入ると、また別の若い救急隊員が話しかけてきた。

「先生、受け入れありがとうございます！　よろしくお願いします！　患者は二一歳女性、午前一時ごろからの腹痛が増悪するとのことで救急要請となりました！」

「はい、それで？」

隆治は救急隊員の報告を聞きながらストレッチャーの患者を見た。背もたれは四五度ほど起きているが顔をしかめ、手には袋を持っている。その袋には黄土色の液体が入っている。患者は吉川と話をしている。

――嘔吐あり、か……。

「だいじょうぶ？　それじゃ血圧測るからね」

吉川が優しい声で言いながら、あっという間にモニターをつけていく。いつもながら見事な手際だ。

「既往歴といたしましては、二〇歳の頃……」

救急隊員の読み上げる声が止まった。

「失礼いたしました！　二〇歳の頃、胃の癌《カルチ》で胃を取っている、とのことです！　その他はありません！」

――二〇歳で？　胃癌？

隆治は患者に近づいた。

「わかりますか？」

その若い女性は目を少し開けると、うなずいた。

「えーと……」

名前を聞いていないことに気づいた隆治が振り返って電子カルテを見ようとすると、吉川が「向日《むかい》さんよ」と教えてくれた。

「向日さん、大丈夫ですか？」

「……はい……すみませんこんな夜中に……」

向日と呼ばれるその患者は、ガラガラした声でそう言った。嘔吐したあと喉が酸で焼けているのだろう。

「大丈夫ですよ。お腹はいま痛みます？」

「……はい、ちょっと」

「それじゃあちょっとお腹触りますからね」

そう言うと、吉川がストレッチャーの背もたれをフラットにした。そして赤と緑のチェックのシャツをたくし上げ、ズボンと黒い下着を下げた。

お腹を見た隆治はぎょっとした。

お腹の真ん中に縦にまっすぐ、一センチ幅ほどの太い創《きず》がある。

――そうだった、胃の手術をしているんだった……それにしてもこんな若い女の子にこんな大きな創があるのは初めて見たな……。

創はケロイド状になっていて、ミミズ腫れのような太さだ。

驚いたそぶりを見せず、隆治はお腹の打診をした。

「痛いところあったら教えてくださいね」

打診すると、お腹はボンボンと低い音を鳴らした。それほど張っているようには見えないが、腸がお腹の中で張っているのだろう。腸が中に空気をたくさん入れ、太鼓のようになっているから音が鳴るのだ。

打診でとくに痛そうなところはなかった。

「じゃあ、ちょっと押しますよ」

隆治はなんとなく創を触らないように、お腹を押していった。ぐるりと回るようにして右上、左上、左下、右下と押す。押しながら隆治は患者の顔を見ていた。すると、お腹の右下を押したあたりで顔をしかめた。

「ここ、痛みます?」

「……はい……」

——なんだろう……まさか……。

「吉川さん、採血して点滴しましょう」

「もう準備してあるわよ」

「さすが」

「先生の考えてること、だいたいわかるのよ」

吉川は嬉しそうに言った。

隆治は救急隊員の持ってきた書類を受け取った。中等症に丸をつけ、医師の署名欄に

「雨野隆治」とサインした。すると突然、ストレッチャー上の患者が言った。

「二人って、付き合ってるんですか?」

一瞬、隆治は誰が言ったのかわからなかった。向日を見ると、大きな目を開けてこちらを見ている。

「な、何言ってるの」

吉川が反応した。

「お腹痛いんでしょ、向日さん」

「うん、痛いです。でも二人のやりとり聞いてたら笑っちゃった」

「付き合ってないですよ、ねえ先生」

隆治はどんな顔をすればいいかわからず、とりあえず、

「ええ」

とだけ言った。腹痛で夜中二時過ぎに救急車に乗ってきたにしてはずいぶん余裕のある患者だ。

「ごめんなさい、私、医療もののドラマとか映画が大好きで。ああいうのってだいたい先生とナースさんが付き合うから」

向日はそう言うと、にこっと笑った。

「ああいうのはね、だいたいありえない設定なのよ。ねえ先生」

——僕に振らないで欲しいな……。

「そうですね。……あ、一応レントゲンも追加ね。まだ吐きそうです？」

「ううん、もう大丈夫そう」

「わかりました、じゃあ検査しましょう」

「はい、ありがとうございます。……で、先生は彼女いるんですか？」

——なんなんだ……。

隆治は返答に困った。向日は楽しそうにしている。先ほどのぐったりした感じはなんだったのか。

——まさか、詐病《さびょう》？　いやでも腹は張ってるしな……。

隆治は向日の質問には答えず、

「吉川さん、早めに検査に行ってください」

と言い、電子カルテに記載しだした。

「はーい、それじゃレントゲン行くわよ」

吉川はそう言い、ストレッチャーに乗った向日は初療室から出ていった。

——不思議な患者さんが来たものだ……。

隆治はカルテを書き終えると、初療室にある、救急車から降りた患者が入るための大きな扉を開いた。

冷たい空気が、空気のこもっていた初療室に流れ込んでくる。二月の下町の夜だ。外に出ると、上下スクラブという薄着の隆治には肌寒い。火照《ほて》った体を冷やしながら見上げると、星が見えた。

——さ、もうひと頑張りだ。

*

向日についての発表《プレゼン》で朝のカンファレンスが終わり、隆治はプロジェクターを片付けていた。

「雨野、あの若い患者のことだけど」

佐藤が部屋に残り、話しかけてきた。

「もうだいぶ良いんだよね?」

「はい、今日からメシを出そうかと思ってます」

「じゃあ、任せちゃっていい？　夏生病院に手紙書いておいて」

この場合の「手紙」とは、私信ではなく診療情報提供書という、入院の顚末《てんまつ》を書いて他の病院に情報提供するものである。

「わかりました。良くなったら数日で退院でもいいですよね？」

「うん。あ、一応ＣＴ撮っといてね」

それだけ言うと佐藤は部屋を出ていった。

隆治は、牛ノ町病院の外科で後期研修医になって約二年が経っていた。こんなふうに、直属の上司である佐藤から簡単な仕事は任されることが増えてきていた。任されることが増えるとともに、自信も少しずつ芽生えてきていた。医者になってこの春で五年目、ようやく一人きりでやれる仕事が増えてきたのだ。


その日は珍しく朝一番からの手術がなかったので、隆治は病棟へ行った。ナースの申し送りでナースステーションはざわざわとしており、通り抜けて隆治は向日の病室へ入った。向日のベッドは四人部屋の窓側だ。

「失礼します」

そう言いながら仕切りのカーテンを開けると、向日はまだ寝ていた。白い掛け布団に朝の光が射し込んでいた。

「あ、おはよう先生」

ふあー、とあくびをしながら向日が言う。

「おはようございます、今日はどうかな」

「ん、寝起きだからよくわかんない」

「ごめん、そうだよね。お腹、ちょっと診てもいい？」

「いいですよ」

向日はそう言うとパジャマをめくり、お腹を出した。臍《へそ》を割る、みぞおちから縦に一直線の創痕が目に飛び込んでくる。

隆治は余計なことを考えないようにしながら、腹部を触診した。

「だいぶ柔らかくなったね。ガスは？」

「え？」

向日はきょとんとした。

「あ、ごめん、おならは出た？」

「やだ、先生なんてこと聞くのよ！　こんな若い女の子に」

「えっ……あ、ごめん。すいません」

隆治は思わず頭をかいた。

「なんて、冗談よ。ちゃんとたくさん出てるよ、雨野せーんせ」

「お、それならいいですけど」

向日はあの真夜中の緊急入院以来、ずっとこんな調子だった。隆治の想像する二一歳の女性はもっと控えめだったが、向日は病院慣れしているのか、それとも隆治に親しんでいるのか、よくわからない。

「で、おなら出てるのよ、くさいやつたくさん。先生にも嗅いで欲しいくらい。だから……あれよね？」

目を大きくして見上げてくる向日は、まだあどけなさを残しながらも、きれいな顔立ちをしていた。隆治は一瞬目をそらしたくなったが、

「うん、あれですね」

と言った。

向日は起き上がると両手を上げた。

「やったー！　もうお腹減っちゃったよ、全然ご飯出してくれないんだもん。先生、昼からでしょ？　昼ごはんって何？」

「えっ昼ごはん？」

隆治はまったく知らなかった。

「ごめん、知らないんだ」

「えー先生なのに知らないの？」

「ドクターはね、えらーいからそんなこと知らなくていいの」

いつのまにか部屋に入ってきたのは看護師の吉川だった。ときどき救急外来に手伝いに行っているが普段は外科病棟のナースだ。

「あ、吉川さんおはよう」

「おはよう、じゃなくておはようございます、でしょ、葵《あおい》さん」

「そうだった、ごめん」

吉川は先日、救急外来に向日が救急車で来たときにもいた。病棟でも担当しているようで、向日とすでに親しくなっていた。

「吉川さん、偉いからじゃなくて、そこまで把握する余裕がないだけですよ」

——そういえば食事の献立なんて考えたことなかったな。

病院の医師は普通、患者の食事内容を指示するが、献立までは知らない。ただ、「硬めのお粥」や「ペースト状の「流動食」、あるいはカロリー制限や塩分制限などを指示するだけだ。

「ふーん、お医者さんってそんなに偉いんだ」

「いやだから、違いますから！」

「偉いのよーいつもふんぞりかえっちゃって」

ね、と吉川が言う。

「え！　雨野せんせがふんぞりかえるの？　信じらんない！」

楽しそうに二人で笑っている。

「とにかく、だいぶいいのでご飯を出しますよ、お昼から」

隆治は逃げるようにして部屋を出た。二対一ではかなわない。

ナースステーションの電子カルテの前に座った。

――さて、カルテでも書くか……。

IDとパスワードを入力し、「患者一覧」から「向日 葵」を選択してクリックすると、向日のカルテが画面いっぱいに展開される。左上にはカレンダー、左下には入院してからこれまでのカルテが表示されていた。

2月15日　胃癌ステージⅣ《フォー》（肝転移）で他院化学療法中、腹痛で緊急入院　痛みは強い

が絞扼《こうやく》などは疑われないため、点滴・絶食で保存的にいく

2月16日　発熱なし　嘔吐なし　腹痛やや改善傾向　排ガス未

2月17日　発熱なし　腹痛改善　排ガスまだない　病棟内歩いている

2月18日　発熱なし　腹痛ほぼなし　排ガスはっきりしない

画面の右には今日のカルテを書くためのスペースがある。隆治はそこに記載していった。

S）おならが出た

O）発熱なし　腹痛なし　排ガスあり　排便は未

A）イレウス改善

P）今日から食事出してみる。食事取れたら点滴減らしていく

書きながらほっとすると同時に、画面の「胃癌　ステージⅣ」という文字に引っかかる。向日の大きな目を思い出し、ひとつため息をついた。

「お、ありがとう」

そばに立っていたのは佐藤だった。背が高くない佐藤は、座っている隆治とそれほど目線の高さが変わらない。

「はい」

「しかしなんだってこの年齢でMK《エムカー》に」

エムカーという、めったに使わない胃癌の略語を使ったことに、隆治は驚いた。

「そうですね。硬癌《スキルス》だからこの歳もありえるんでしょうけど、それにしても若すぎます」

「そうね。家族歴はなんかあるんだっけ？」

「いえ、何もありません」

そう、と言いながら佐藤は電子カルテの画面を覗き込んだ。顔が近づくと、かすかな香りを隆治の鼻が感知する。

「若年性の癌というと、研修医の頃、大腸癌で亡くなった人を思い出します」

「あー、あのガリガリに痩せた色白の、個室の人ね。名前なんだったかな」

「イシイさんです」

「雨野、よく覚えてるね？　だって何年前？」

「僕が研修医だったんで、四年くらい前ですか」

「そうそう、あの時雨野、すごい落ち込んでたね」

――イシイさん。

「はい、同い年でしたし、けっこう」

それについては佐藤はとくに感想は持たなかったようで、

「あの人、女の子、夏生病院で化学《ケ》療法《モ》中なんだよね？」

「はい、そうです」

「……そうか、それならいい。イレウス治ったらすぐ夏生に返そう」

「はい」

よし、と言うと佐藤はくるりとポニーテールを翻して歩いていった。

と思ったら途中で振り返り、

「雨野」

と言った。

「はい？」

「あんま入れ込みすぎないようにね」

「え？」

「あんまり入れ込んじゃダメだよ、その患者に。雨野は、患者との距離が近いから。ま、それがいいところでもあるんだけど」

「は、はあ」

それだけ言うと、佐藤はまた歩いていってしまった。

＊

翌朝七時から、隆治は一人で病棟を回診していた。普段は研修医がいて一緒に回るのだが、この時期、たまたま外科には研修医が一人もいなかった。

「おはようございます」

シャーッという音とともにカーテンを開けると、向日はまだ寝ていた。

「んー、おはよ」

向日はあくびをしている。

「今日はどうです？」

「どうですって、いま起きたばっかりよ。そんなすぐにわかんないよ」

「そうだよね、ごめん」

「先生、毎日朝早いよね、いま何時？……あ、七時か」

背を起こすと、両腕を伸ばした。

「うーん、よく寝た」

そう言うと、にっこり笑った。

隆治はあわてて顔からお腹に視線を移した。

「お腹、大丈夫そうですね」

「うん、大丈夫みたい。全然痛くないし」

「良かった。……ガスは出てます？」

隆治は小声で尋ねた。

「うん、昨日たくさん出たよ」

「お通《つう》じは？」

「ん？」

向日はまだ二一歳だからか、お通じという単語がわからないようだった。普段隆治が担当している六〇～八〇代の入院患者とは違うのだ。

「その……排便というか……うんちは？」

「先生、やだ、そんなこと聞くの？」

うーん、と言いながら向日は目を背けたが、

「出たよ」

と小声で言い、また笑顔になった。

「わかりました」

なんだか隆治も恥ずかしくなってきた。

「すいません」

「ほんとよ、乙女になんてこと聞くのよ」

そう言いながらも、向日は笑っている。

「お通じが出たってことは、もう大丈夫。お腹も張ってないし、もうすぐ退院できますよ」

「え？　ホント？　嬉しい！　いつ退院できるの？」

「うーんと、お腹の調子見ながら決めましょうか。あ、一応ＣＴ検査だけ今日やりますからね」

「やった！　ありがとう、実はね先生、来週フェイスブックで知り合った人と会う予定なんだ。ＣＴもがんばる」

——フェイスブック……？

隆治はいまいちわからなかったが曖昧に笑った。

「良かったですね」

「うん！　先生本当にありがとう！」

「どういたしまして。それじゃ点滴もやめましょう」

じゃ、と言いながらカーテンを閉めようとすると、向日が「先生」と呼び止めた。

「なんですか？」

「ちなみに先生はフェイスブック、やってないの？」

たしか一、二年前にはじまったサービスだとニュースか何かで見た気がする。しかし何のことかよくわからなかったし、第一、隆治にはやる時間もなかった。

「え……それ、知らなくて……」

「えー本当に？　まだやってない人、いたんだ！　いいよ先生、私が教えてあげる」

——なんか怪しそうだな……。

「あ、いや別に……」

「何言ってるの先生。いまどきフェイスブックくらいやってなきゃダメだよ」

「そ、そうかな……」

「先生、今日は手術いつまで？　終わったらパソコン持ってきて、やり方教えてあげるから」

「え、いや……」

「待ってるからね！」

「……はい」

強引な向日の勢いに押されつつ、カーテンを閉めた。

一通り他の患者のベッドサイドを回り終わると、隆治は手術室へ向かった。

＊

向日のベッドサイドに行ったのは、日中の手術を二件終え、他のすべての患者の回診を終えた午後七時半過ぎだった。

その直前、隆治は病棟の電子カルテで向日のＣＴ検査結果の画像を見ていた。

――え……なんだこれ……。

隆治は息を呑んだ。ＣＴ画像では、お腹のなかに無数の小さなつぶつぶが見える。腹膜播種《はしゅ》といって、お腹じゅうに癌が散らばっていることは明らかだった。

——入院時の情報では、肝転移だけだったはず……。

一気に悪くなっているのかもしれない。

——なんてことだ……。

播種がこれだけあると、もう完全に治るチャンスはないと言っていい。それどころか、それほど遠くない将来に腹水がたまり、さらにそれほど遠くない将来に腸閉塞になり嘔吐が止まらなくなるのだ。

絶望的な気持ちで、ぼんやりとCT画像をマウスでスクロールしていた隆治は、思わず声を出した。

「えっ！」

今度は、肺にも転移と思われる無数の小さな結節が散らばっている。とても数えられる個数ではない。

隆治は、自分の血圧が下がっていくのを感じた。だんだん頭が重くなり、肩に力が入らなくなる。視界が少しずつ暗くなり、隆治の体幹がぐらりと揺れたところで、ぱっと全身に力が入った。

頭を強く三回振った。

――危ない……。

隆治の血圧は戻ったようだった。

それでも、この新しい情報を手にしてどんな顔で向日の部屋に行けばいいのだろうか。信じられないほど進行した、この結果を。

しばらくそのCT画像を見ていたが、おもむろに隆治は立ち上がった。

――とにかく会おう。会わなきゃわからない。

向日のいる四人部屋に入り、カーテンを開ける前に声をかける。

「向日さん」

「はーい、どうぞ」

「こんばんは」

カーテンを開けると、向日は体育座りのように膝を曲げ、背もたれを起こしたベッドに座り本を読んでいた。

「せんせ、おそーい」

「あ、すいません」

「なんてね、うそうそ。遅くまでお疲れ様です」

向日が頭を下げたので、隆治もつられて頭を下げた。

「あ、とんでもないです」

「いつもこんなに遅いの？　先生」

ベッドサイドにある丸椅子に腰掛けようか迷ったが、隆治は立ったまま話を続けた。

たしか朝には置いてなかったはずだ。

「そうですね、手術とか回診とかで」

ふーん、と言いながら向日はそれほど興味もないようで、本を閉じるとベッドの上のテーブルに置いてあったノートパソコンを開いた。

「それでね、先生は本当にフェイスブック知らないの？」

隆治の頭に、先ほど見たＣＴ画像がよぎった。

「うーん、知らないです」

「えー嘘ーしんじらんない。そんな人いるんだ。先生実はおじいちゃんってことないよね？」

言いながら向日は自分で笑っている。

「じゃあ教えてあげる。先生そこに座って」

隆治は一瞬迷ったが、さっさとキーボードを叩いている向日の姿を見て、仕方なく丸椅子に座った。

「これが自分のページ。まずはこれを作るの」

向日のパソコンの画面を見ると、左上に向日らしき人の写った写真がある。

「でね、プロフィールを作っておくの。学校とか」

「ふむふむ」

画面を覗き込もうとすると、向日と顔が近づきすぎてしまう。しかし近づかないと、よく見えない。

「そうしたら、ここにいろいろ書くのよ」

「……何を、書くんですか？」

「そんなの知らないわよ。美味しかったものとか、きれいな景色とか、こんないいことがあったとか、書けばいいんじゃない？　あ、先生だったら手術に成功した！　とか」

――手術……はまずそうだけど……。

「それ、書いたらどうなるんですか？」

「どうなるって……」

えーと、と少し宙を見てから向日は続けた。

「先生、わかった」

ちょっと待って、と言うと向日は新しい画面を開いた。

「私がいま、先生のアカウント作ってあげる」

「えっ！」

いい加減、長時間のベッドサイド滞在になる。隆治は振り返ったが、もちろん誰もいない。さらに、この部屋はたまたま退院が相次いでいて今晩は向日一人しかいないのだった。

そして、隆治は先ほどのCTの結果を伝えなければ、と思った。しかしそんな雰囲気ではない。

向日に言われるがままに隆治は自分の名前やメールアドレスを入力していく。ものの二、三分で隆治のページができ上がってしまった。

「そしたら、私がいま投稿しちゃうね」

——えっちょっと……。

[いまさら、フェイスブック始めました。よろしくぽん]

「これで投稿、っと」

そう言うと、向日は「投稿」と書かれたボタンをクリックした。あっという間のことで、隆治には止める時間がなかった。

「えっ！　ちょっとっ、よろしくぽんって！」

「先生、でもね、悲しいお知らせ」

——今度はなんだ？

「先生、友達が一人もいない」

そう言うと、また向日は笑った。

「友達……？」

「そう、フェイスブック上に友達がいないと、何を投稿しても誰も見てくれないの。ま、それじゃあ、私がまず友達になってあげるね」

向日はそう言うと、検索窓から［向日葵］と入力し、自分のページを開いて「友達申請」をクリックした。

「ほー、こうやって友達になれるんですね」

「そ、簡単でしょ？　多分だけど、先生の知り合いとかでもフェイスブックやってる人いると思う。高校とか大学とか、登録すると友達見つかるかも」

向日は隆治に大学名を入力させた。すると、大学時代の同級生が八人、顔写真つきで出てきた。

「おお！　あいつ！」

大学の頃仲良かったが、卒業以来ほとんど連絡をとっていない友人の松元《まつもと》を発見した。出身は福岡だったが、大学卒業後はそのまま鹿児島に残って大学病院で研修医をし、その後、奄美大島に行ったと記憶していた。久しぶりに見る顔はよく日に焼けていた。

「ね、すごいでしょ」

隆治は夢中になって向日のノートパソコンを覗いた。CTのことはもはや忘れていた。

「そこからは先生、自分のパソコンでやってみて」

向日のその言葉で隆治ははっと我に返った。自分はいま病院で白衣を着ていて、患者のパソコンを見ているのだ。

「うん、ありがとうございます。すいません、長い時間」

「いいえ。けっこう面白いからたくさん友達探してみてね」

それじゃ、と隆治は言うとカーテンを閉め部屋を出た。

けっこうな長居をしてしまった。他に患者さんがいなかったからいいようなものだが、考えてみるとあんな若い女性の患者さんの部屋に、こんな夜に一人で行くのは良くない。

隆治はそう思いつつも、フェイスブックのことが気になって仕方がなかった。早足で階段を下りると、医局へ向かった。

途中の廊下で、隆治はCT検査のことを思い出した。

——しまった……。

しかし、よく考えてみればこちらの病院で癌治療をしているわけではない。一時的な、緊急の入院を引き受けただけだ。しかももうすぐ退院だ。

ＣＴ検査の結果は、いまは詳細に伝えず、癌の治療をしている夏生病院にデータとして送ればいいのではないか。

医局に戻ると、何人かの医師の声が聞こえる。どうやら耳鼻科の医師が何人か残って話しているようだった。

隆治は自分のデスクにつくと、二年前に買ったノートパソコンを開いた。さっそくメールボックスを開き、フェイスブックのリンクをクリックする。フェイスブックのページを開くと、鈴のようなマークのところに赤い字で①となっている。

——なんだろう？

そこをクリックすると、メッセージが開かれた。

［やほー先生、葵ちゃんです。こうやってメッセージも送れるんだよ。よろしくね］

なんとメッセージは向日からだった。隆治は顔をほころばせつつも、

——まいったな。患者さんとこうやって個別に繋《つな》がってしまった……。

と思った。

通常、病院で働く医者は患者と個人的な繋がりは持たないし、メールのやりとりなどもしない。症状があるたびに連絡が来てしまったり、他の患者さんにはしないのに特定の人だけを贔屓《ひいき》していると思われたりすると困るからだ。隆治自身、はっきりと病院側や上司に言われたわけではないが、そういうものだと思っていたから、メールアドレスを聞かれることはこれまでにも一、二度あったがその都度断っていた。

だから、フェイスブックというツールを通じていつの間にか向日と個人的に連絡が取れる状況になってしまったことに、一抹の不安を覚えた。

そして、あの無数に小さな点が散らばった向日の肺を思い出した。プラネタリウムで見る星空のような、黒い肺野に白い点々……。

——ま、彼女なら大丈夫か。

そう思い直すと、フェイスブックで出てきた懐かしい大学の同級生たちに「友達申請」を送っていった。

一通り送ってしまうと、隆治はもう一度向日から来たメッセージを見た。何を考えているのかいまいちわからないのは、歳がずいぶん違うせいだろうか。それとも彼女のキャラクターか。かかりつけの病院に断られたから牛ノ町病院に来て、それがたまたま隆治の当直中だったから担当になった。それだけの関係だった。

隆治は向日のページに行くと、向日が過去に投稿した内容を読んでいった。

［2月15日　入院しちゃいました。いつものところじゃありません。つらいけどがんばる！　このまま肝臓の転移だけだったら手術で取れるかもって言われてたし！］

その投稿には、自分の点滴姿を撮った写真が付いていた。

――肝臓の転移だけ……。

もはや播種と肺転移があり、手術で取れる可能性はゼロになったという事実を知っているのは、隆治だけだ。締め付けられる胸を手でおさえて、さらに過去のものを見た。

［2月10日　もうすぐバレンタイン？　みんなはチョコ作る？　私はもうすでに作って自分と家族で食べてます］

若い女の子らしい、チョコレートと向日が写っている写真。隆治は読み進めた。

［2月4日　今日はなんだか調子が悪い……アレが悪さしてるのか。アレ、どっかいけー！］

［2月1日　たまに思う。なんで自分ががんになっちゃったんだろうって。他の人じゃなくてよかったけど、なんで私なんだろう。神様なんていないのかな。私のキレイなお腹にキズができちゃって、ショックだったけどやっと元気になってきた。そう思ってたら、こんどはがんが再発しちゃった。抗がん剤なんてやってる友達いないのに。でも、これもきっと試練だよね。神様が、「乗り越えなさい」って与えた試練。ありがとうって思わなきゃ。弱音もたまに吐くけど、がんばります！］

先ほどまでいた耳鼻科医たちは帰ったようで、夜の医局はいつの間にか静まり返っている。

――これ以上読み進めてはいけない。

隆治は、ノートパソコンを閉じると、椅子にもたれ目を閉じた。

二一歳。胃癌、ステージⅣ。肝臓だけでなく、播種と肺への転移も。

向日はいまどんな気持ちで、あのがらんとした病室のベッドに横たわっているのだろう。あの大きな目でパソコンを見つめ、フェイスブックにまた投稿しているのだろうか。過ぎてしまったバレンタインでは、誰にチョコレートをあげたのだろうか。

半年、生きられるだろうか。若いから、もうちょっと頑張れるかもしれない。しかし、あれほどひどい転移で治ることは絶対にない。

――とにかく、あまり親しくならないようにしなければ。

メッセージを返信しようかとも一瞬思ったが、やめておいた。

隆治はしばらくの間、椅子にもたれてそのまま目を閉じていた。

＊

「よ、お疲れ」

その声で隆治はハッと気がついた。いつの間にか、椅子に座って寝てしまっていたようだった。

「お、おつ」

声の主は、研修医の頃からの同期で、いま耳鼻科医をやっている川村《かわむら》だった。

「アメちゃん、相変わらず疲れてるみたいだね。外科のセンセイは大変だなぁー」

川村は相変わらず爽やかだ。

「いやいや、なんか座って考え事をしてたら寝ちゃっただけだよ。川村こそどうしたの、こんな遅くまで」

どうやらしばらく眠ってしまっていたようだ。

「わり、いま何時？」

「えと、一〇時過ぎ」

耳鼻科がこんな遅い時間までいるということは、長時間手術《ロング》でもあったのだろうか。

「今日はオペだったの？」

「うん、再建まであったからまあこんな時間か。もうクタクタだぜ」

そう言うわりには、川村は髪もふんわりとしていて手術用帽子の跡はなく、顔にも疲れた様子はなかった。白衣ももう着ておらず、これから帰るところらしかった。

「そっか、お疲れ」

「アメちゃん今日暇ならこれから飲み行かない？ まだ一〇時だし」

「あー行きたいな。……でも明日のオペの予習があるんだよね」

「そうか」

川村は残念そうだ。

「どうなの？ 最近」

そう言うと、隆治の隣の席の椅子にドカッと座り足を組んだ。

「何が？」

「え、いろいろ」

川村は隆治の彼女のことを探ってるんだろうか、と思ったが、口をついて出てきたのは向日のことだった。

「ん、すごい若い人がいてさ」

隆治は、こうして医局で川村に会うと、決まって患者の話をした。相談のときもあれば、ただの愚痴のときもあった。

「あ、知ってる」

え、と隆治は驚いた。川村が外科の患者を知っているはずはない。

「こないだ救急外来《きゅうがい》に来てたでしょ？」

「うん、腹痛で。なんで知ってるの？」

「いや俺さ、研修医の頃からの癖がまだ抜けなくて、救急外来に来た患者をチェックしちゃうんだよね」

川村は軽やかな見た目とは裏腹に、なかなかそういう真面目なところがあった。とくに救急は好きらしい。

「まだやってるんだ！」

「うん、おもしれーだろ？　ハハハ」

「それがさ、二一歳で胃癌なのよ」

「マジか」

川村は急に真面目な顔になった。こういうところは昔から変わらない。

「しかも転移《メタ》あってさ」

「硬癌《スキルス》か」

「うん。うちはイレウスでかかっただけだし、もう良くなってきたんだけど」

言い出したはいいが、川村に何を言えばいいかわからない。

「転移《メタ》、ひどいの？」

「……うん。肝転移と、播種と、肺も切除不能《アンリゼクタブル》」

「そうか……」

「うん……」

「アメちゃん、もしかして」

——えっ……。

川村が隆治の顔を覗き込む。

「惚れた？」

「なんでよ。惚れないって」

「かわいいの？」

隆治は一瞬ひるんだ。不謹慎じゃないか、とも思ったが、川村から言い出した話だ。

「ん、どうだろ。まあ、ちょっとはかわいいかも」

「んー怪しいなあ。でもやめときな、向こうにとっては俺らはAround Thirty《アラサー》のおじさんだぜ」

川村はニヤニヤしている。

「いや川村、患者に惚れるとか、そんなの……」

「いやいや、ある話じゃゃん。牛ノ町《うしのまち》病院だって、あの声のでかい内科部長、担当患者と結婚してるじゃん。知ってるだろ?」

四〇過ぎまで独身だった心臓専門の内科部長が、自分の担当患者と結婚した噂は隆治も聞いていた。誰も真偽を確かめた者はいないから、本当かどうかはわからなかったが。

「いや、それはないんだけどね」

隆治は両手を上げて伸びをしながら言った。

「川村、フェイスブックって知ってる?」

「え? どしたのアメちゃんらしくない。そんなイマドキな。やってるよフェイスブック」

東京生まれ東京育ちで、医者以外の友人もたくさんいる川村だ。知らないはずはなかった。

「そうか、そうだよな。実はそれを登録してもらってさ、その患者さんに」

「え? どういうこと?」

「いや、俺が知らないって言ったらやってあげるって、目の前で登録してくれて」

「何それ、めっちゃ仲良しじゃん! 面白い」

うん、そうなんだけど、と言いながら隆治は次の言葉を言うか一瞬ためらった。

「そしたら直接メッセージが来ちゃってさ」

「あーフェイスブックってメッセージ送れるもんねえ。なに、遊び行こうとか言われたの？」

「いやいや、ただやっほーって来ただけ」

——そういう可能性もあるのか……。

「なんかさ、患者さんとそういう、なんていうのかな、直接のやりとりってないじゃない？　いいのかな、とか大丈夫かな、とか」

うんうん、と川村はうなずいた。

「いいんだよ、別に。病院にバレると面倒だけどね。俺なんか患者さんと食事に行ったことあるぜ」

「え！　本当に？」

「うん、まあ俺が行ったのは八〇代のおばあ様だけどな。フレンチのお相手を務めさせていただいたんだ。だからまあそれくらいいいんじゃない。診療に影響しないなら、なんの問題もないっしょ」

相変わらず川村はハッキリとものを言う。

「まあそうだけど、なんかあんまり良くない気がして」

「でも病院を出たら俺らは医者じゃないし、患者さんだって患者さんじゃない。だからいいんだよ」

隆治はしばらく黙った。川村の理屈はもっともだ。反論しようにもできないが、何かが引っかかる。

「行っちゃえよ、デート。すぐ退院するんだろ？」

「な、なにを！」

隆治は自分の顔が赤くなるのを感じた。昔からの赤面症は、そう治らない。

「初心《うぶ》だね、アメちゃんは」

そう言うと川村はさっと立ち上がり、お疲れと言って出ていった。

——デート……いや、何を考えてるんだ。

川村が変なことを言うから、妙に意識してしまった。それに自分には彼女がいるのだ。デートなどするわけにはいかない。

それよりも、それだけ若い女性が癌になったということ、それ自体について川村の見解を聞きたかった。いい解決策はなくても、この胸のもやもやを川村ならすっぱりと一刀両断してくれるのではないか。

また今度話そう、そう思いながら隆治は分厚い手術の教科書を開いた。

＊

その週末、隆治は上野のレストラン「ハミルトン」で、はるかとランチをしていた。

「……それでさ、夜中にめちゃくちゃ忙しいのに、救急車を断れなくて」

「へえーそんなことあるんだ」

トマトソースのパスタを上手にフォークでくるくると巻き、口に運びながらはるかは言った。赤いクロスのかけられたテーブルには冬の柔らかい陽が射し込み、フォークに反射してときどき眩しく感じられた。二人はお気に入りの窓際の席に向かい合わせで座っていた。

はるかとは研修医の頃、川村に連れて行かれた合コンで知り合い、しばらくは疎遠だったが、その二年後に再会して付き合い始めたのだった。三、四週間に一度会うのはだいたい上野か銀座だった。

イタリアンの「ハミルトン」は、二人が初めてデートしたレストランでもある。カジュアルすぎず、少し古めかしい雰囲気が二人のお気に入りだった。

「うん、それで来た患者さんが腹痛でさ、そのまま入院して」

「何歳の人？」

「んと、二一歳かな」

「そんな若いの！　いいな、救急車ってちょっと乗ってみたい」

「そんないいもんじゃないよ、乗り心地悪いし」

言いながら隆治は向日の顔を思い出した。

――二一歳で癌にかかっているんだ。全然いいもんじゃない。

そう言おうかと思ったがやめて、あさりのスープパスタを口に入れた。

「そうなの？」

「うん。すごく揺れるし、中は狭いからね。椅子も硬いんだ」

「へーその話初めて聞いた」

白髪頭をきっちりとオールバックにした、黒いジャケットの年配のウェイターがテーブルに来て隆治のグラスに水を注いだ。

「あ、すいません」

「でも、真夜中にそんな若い女の子が来たら目が覚めちゃうね」

「え、そう？」

「ほら、おばあちゃんだったらまあ心配だから来ちゃったのかなって感じで大丈夫そうじゃない。でも若い子だと、よっぽど緊急事態だから病院に来たんでしょ、我慢できなくて」

――なるほど、一般人はそう考えるのか……。

「うーん。俺らは逆でさ、若い人だったらそう簡単に死にやしないけど、高齢者はどんな大変なことになってても案外ケロッとしてるから要注意なんだよね。確率として」

ふーん、とはるかは納得がいったようないかないような顔をしてパスタを食べている。

隆治はふと窓の外を見た。上野駅前の、いつもと変わらぬ人通りだ。自分は特殊な人間になってしまったのだろうか、とふと思った。上野の街を行き交う人たちとも、向かいで美味しそうにパスタを食べるはるかとも違う……。

「プロは違うねえ。アメちゃん、素敵よ」

少し棒読みのような気もしたが、ありがとう、と言いつつ隆治はパスタを食べた。

食事が終わると二人は店を出た。静かな店内から、ざわざわとする人混みへ入る。コートを着たはるかは隆治の手を握った。

「美術館でも行ってみる?」

「いいね」

二人のデートはいつもこんな具合だった。付き合い出した頃はあらかじめ行く先を決めていたが、緊急手術の病院呼び出しなどでデートが突然なくなることが何度か続いてから、「予定は決めないことにしよう」とはるかが提案したのだ。仕事でドタキャンせざるを得ない隆治にとってはありがたかった。

上野公園内の東京都美術館に向かって歩く。二月ではあったが風はなく、それほど寒くはなかった。

「でもさ、アメちゃんって不思議だよね」

「ん？」

「そんな仕事、ずっとやってるんだもん」

「え、どゆこと？」

「感情が揺さぶられる仕事。普通だったら疲れちゃうよ」

はるかは繋いだ手を大きく振った。

「怒らないで聞いてね」

「うん」

「会うたびにね、アメちゃんいろんな話してくれるじゃない。でもそれってなんだか遠い世界の話みたいに感じるの」

「ふーん」

まあそんなものか、と隆治は思った。

「アメちゃんの話ってなんだかまるで別の世界で、人間じゃない別の生き物がやってる営み、みたいな」

――人間じゃない別の生き物！

隆治の顔色がさっと変わったのに、はるかはすぐ気づいたようだった。

「ごめん、変なこと言って。言い方悪いよね。うまく言えないけど、ときどき」

そこまで言ってはるかは黙った。続きを言うのをやめたようだった。

隆治は視野がどんどん狭くなるのを感じていた。

自分はこれまで五年間、ほぼ病院に泊まり込むようにして医者の修業をしてきた。超長時間の手術で体じゅうが痛くて起きられない朝も、深い眠りのなか呼び出された休日の深夜も、どうにか自分を奮い立たせてやってきたのだ。病魔に勝てず壁を殴ったことも、一度や二度ではない。歯ぎしりをし、なんとかギリギリの綱渡りをしてきた五年間。その時間で、隆治は自分という人間を、「医者」という、同じ人間を客観的に観察し、淡々と生存に引き寄せる職業に適応させてきた。医者という職業に就いたというより、医者という新しい存在になったような気さえしていた。

そういう意味では「人間じゃない別の生き物」と言われても仕方がないのかもしれない。しかし、もう付き合って二年目になるはるかに言われるのはどうにも辛かった。「医者」化することで、人間らしさを失うなんて嫌だという奥底の気持ちに、まっすぐ刃を刺されたようだった。

もしかして自分は、前に進んでいるようで、実は全然別の方向へ向かって歩んでいるのではないか。

気を張っていないと手の力が抜けそうだ。

——そんな言い方……。

はるかが不意に立ち止まった。

「ごめん、アメちゃん。私、言っちゃいけないこと言った？」

隆治は何か言おうとして口を開けたが、何も言葉にならなかった。

ちょうどそのときだった。

「キャアー！」

女性の叫び声が右の方から聞こえた。ほんの二〇メートルほど先で、人が倒れている。

——なんだ！

隆治ははるかの手を離すと走った。

倒れているのは老人だった。

「大丈夫ですか！」

まばらな白髪の男性が、仰向けに倒れている。

――意識《レベル》は……。

「どうしたんですか！」

叫び声の主だろう、老婆に問いかけるが返事はなく、驚いた顔で固まっている。すっかり動転してしまっているようだ。

倒れた男性の肩をバンバンと叩き、

「だいじょうぶー？」

と耳元で大声で問いかける。ピクリとも反応はない。

――意識《レベル》は三桁か……呼吸はどうだ……。

男性の口元に顔を近づける。三秒ほど待ったが、隆治の顔に息は感じられなかった。

――ダメか。

隆治は老人の首に人差し指と中指を当てていた。ざらりとした皮膚の感触の奥に、硬い動脈の管が触れた。拍動は感じない。

——心肺停止《CPA》？　AEDは近くにはないか……いやまず先に心臓マッサージ《シンマ》か？　もし違ったらどうする。もし心臓が動いていたらどうする。心臓マッサージで逆に心臓が止まる……確かめないと……。

とっさに隆治は老人の服をたくしあげると、シャツの上から胸に顔をくっつけた。視界に、はるかの茶色いブーツが入った。隆治は目をつぶり、心臓の鼓動を探した。ほんの二、三秒のことだったが、隆治には五分にも一〇分にも感じられた。

——ダメだ！　動いてない！

「心肺停止《CPA》！　心臓マッサージ《シンマ》開始します！」

隆治は誰に言うでもなく、大きな声を出した。救急外来でのいつものくせだった。冷たいタイルにひざまずくと老人の胸に左手の掌底《しょうてい》を当て、その上から右手の掌底を重ねる。右手の指を五本、左手の指間にひっかけ、脇をしめた。痩せた老人の胸。

「イチ、ニイ、サン、シ」

そこまで言って、はっと気がついた。

「だれか、はるちゃん、救急車呼んで！」

「わかった！」

側で棒立ちになっていたはるかが答えた。

「……シチ、ハチ、ク、ジュウ」

――AEDが欲しい……誰もわからないか……医者かナースがいれば……。

そのとき、ぐぎ、ぐぎ、という音とともに隆治の手に肋骨《ろっこつ》の折れた感触が伝わった。

――何度味わっても嫌なもんだ……。

隆治は、心臓マッサージで激しく上下に動きつつ、あたりを見回した。五、六人の人がいた。犬を連れた人もいた。

「だれか、医者か看護師《ナース》いませんか！」

大きな声で言うが、誰も反応はしない。

――くそ……ただの野次馬か……。

「AED！　AEDが！」

息が切れてきて、長く言葉を発せられない。膝から地面の冷たさが伝わってくる。

周りの誰も反応をしなかった。

「……はい、倒れてる人がいて……ええ……上野駅から美術館のほうに行ったところで……」

「はるちゃん！」

隆治は叫んだ。

はるかは驚いた顔で携帯電話から耳を離した。

「俺の耳に当てて！」

「わかった！」

はるかは、上下し続ける隆治の耳元に携帯電話を当てた。

「……もしもし！　牛ノ町病院外科の雨野と言いますが！」

「ハッ！　お疲れ様です！」

「バイスタンダーでＣＰＲ……やってます……ＡＥＤ……持ってきて……」

「了解！」

「患者は……」

そう言うと隆治は老人の顔を見た。短髪の白髪が乱れているが、身なりは整っている。

「八〇代男性、詳細不明！」

それだけ言うと、首を縦に振ってはるかに「もういい」と伝えた。

そのまま隆治は心臓マッサージをひたすら続けていた。周りに人が少しずつ集まってきたようだったが、誰も手伝う者はおらず四メートルくらい距離を開けている。隆治は構わなかった。

――このまま救急隊が来るまで……一人で続けるしかないか……。

地面にこすれる膝の痛みを感じながら、隆治は淡々と心臓マッサージを続けた。それでもまだ二分も経っていないであろう。看護師のいる救急外来の当直でする心臓マッサージとは違い、隆治は一人ぼっちだった。時間を計る者も、心臓マッサージに疲れてきたら交代する者も、マスクで人工呼吸をする者もいない。隆治の汗が飛び散り、老人の胸にかかった。

——他にいまやれることは……。

老人の顔を再び見た。

——そうだ！

隆治はおもむろに心臓マッサージをやめると、老人の顔に自分の顔を近づけた。

——自発呼吸はない……。

一瞬ためらったのち、隆治は老人の唇を自分の口で覆うように口づけし、顎を上げて息を吹き込んだ。かすかにアルコールの匂いがする。吹き込みながら胸を見ると、わずかに上がっているのがわかる。

——よし、入っている！

隆治はもう一度息を吹き込むと、口を離して大急ぎで胸の方へ戻った。再び老人の痩せた胸に両手を乗せると、心臓マッサージを始めた。

「イチ、ニ、サン、シ……」

心臓を押しながら、隆治は徐々に自分が冷静になってきたのを感じた。するとまるで幽体離脱をするように、もう一人の自分が一〇メートル上空から見ているような心地になった。上野駅近く、道端で倒れた高齢者。心肺停止。急いで始めた心肺蘇生行為《CPR》。周りに医療関係者はいない……。

隆治の頭の中で、何かが引っかかる。大事なことを見落としていないか。その一点を見つければ、解決に向かって大幅にショートカットできるのではないか。「プレイヤーをやりつつ、コマンダーをせよ」、救急の教科書にあったその言葉。

隆治は心臓マッサージを続ける。周りには、いつの間にか人だかりができていた。シュッ、シュッ、という老人の服が擦《こす》れる音だけが聞こえ、隆治は次第に何も聞こえなくなっていた。手の感覚は徐々になくなってきている。汗はかいているが、このまま永遠に心臓マッサージを続けられそうだ、とも思う。

――落ち着け……俺は五年目の医者だ……たいていのことはできるはず……。

周りを取り囲む人は、一定の距離をおいてきれいな円を描いていた。誰も何も言わなかった。

そのとき、ふと隆治は気づいた。

「はるちゃん！」

顔を上げずに隆治は言った。

「はい！」

はるかはすぐ後ろにいた。

「駅に！　駅構内にＡＥＤがあるから！　駅員さんに言って持ってきて！」

「え……」

「ＡＥＤ！　エー、イー、ディー！　急病人でって！」

「わかった！」

そう言うとはるかは走り出した。

隆治は、先ほど通った上野駅構内にＡＥＤが設置されているのを目撃していたのだった。それをいま思い出したのだ。

それから隆治は元の静けさに戻った。そして、ただひたすら、機械のように心臓マッサージをし続けていた。

Part 2　議員さん

「それじゃ、会議《カンファ》始めましょう。じゃあ来週の手術症例《オペ》から」

三月になって最初の月曜日の朝、灯りの消された暗いカンファレンス室で岩井が言った。

「はい、よろしくお願いいたします。まずは」

そう言うと隆治は電子カルテを操作し、プロジェクターで投影したモニターに画像を出した。胃の中の鮮やかな肌色に、腫瘍のあるどす黒い盛り上がりが映し出される。

「胃《い》体中部《たいちゅうぶ》に、このような境界明瞭な二型の腫瘍を認めます。大きさは三×三センチ程度、生検ではtub2という結果です。続きまして」

そう言いながらマウスを操作し、ＣＴ画像を出そうとした。しかしクリックするところを一つ間違えてしまい、レントゲン画像が出てきた。

「あれ」

タイムラグが五秒ほど発生してしまう。部屋にいる外科医の誰かの「ちっ」という舌打ちが聞こえる。もし研修医の頃だったら、これだけで完全に萎縮してしまっただろう。そして、さらに操作する手はおぼつかなくなってしまうことだろう。

「失礼しました。続きましてCTですが」

CT画像が出された。一〇〇枚以上ある画像を、マウスを使って出したい画像までスクロールしていく。

「……えと……」

出したい画像、つまり胃の腫瘍がもっとも表現されている画像のところでぴたっと止まることができず、その前や後をウロウロしてしまった。

「何やってんだよ」

「すいません」

早朝のカンファレンス室はまだ暖房も利いておらず、冷えている。

「早くしろよ」

隆治は焦ってマウスを動かす。しかしなかなか出したい画像を表示できない。

隆治が焦っているのには理由があった。

今日は、久しぶりに研修医の西桜寺《さいおうじ》凜子《りんこ》がカンファレンスに来ているのだった。凜子は二年前に隆治の下で外科をローテーションして以来、この三月から再び外科に配属されることになっていた。その初日が今日だった。

カンファレンス室は静まり返っていて、プロジェクターのウィーンという動作音だけが室内に響いた。

――困ったな……。

そう思いつつも、焦っていることに気づかれないよう隆治は淡々と操作をした。

「失礼しました。改めまして、CTではこちらに病変を指摘できます」

それから後の隆治のプレゼンテーションはなめらかだった。医者五年目ともなると、癌患者の術前プレゼンテーションはかなり高いレベルでできるようになっていた。二年前にはいろいろなことで突っ込まれていたが、たいがいのことでは誤りを指摘されることはない。もっともそれは、隆治がかなりの勉強家だったことも一因ではある。

何例かのプレゼンテーションが終わると、カンファレンスは終了した。

「それじゃ今週もよろしくお願いいたします」

岩井がそう言うと、外科医たちは立ち上がった。部屋の電気がついた。

「あ！　すいません！」

　岩井が大きな声を出した。

「忘れてた。今日から研修医の西桜寺先生が来たんでした。先生、挨拶」

　はい、と凜子は立ち上がった。

「おはようございますぅ。外科がやりたくて、今日からまた来ちゃいました、研修医の西桜寺凜子ですぅ。一昨年回らせていただいて以来ですが、どうぞよろしくお願いしますぅ」

　凜子は相変わらず語尾の伸びた喋り方で挨拶をした。

　以前と変わらず華やかな雰囲気の見た目で、カールした長い髪は後ろで一つにまとめていた。着ている白衣もタイトなシルエットで高級感があり、よく見るとピンク色の縁取りがしてある。他の中年男性外科医たちの着る、病院支給のごわごわした白衣とはまったく別物のように見えた。

「はい、じゃあこれからよろしくね。みなさんご指導よろしく。ではカンファは以上」

　岩井がそう締めると、外科医たちはぞろぞろとカンファレンス室を出ていった。隆治はいつものように一人残り、プロジェクターのコードを片付けていた。

「雨野先生ー！　お久しぶりです、よろしくお願いしますぅ」

　凜子はそう言いながら、コードの片付けを手伝った。

「おお凜子先生、よろしくね。ありがとう。そうか、今日からだったよね」

隆治は、凜子が来ることを知っていたが、なんとなくとぼけた。

「はいー、よろしくお願いしますぅ！」

「さっそく手伝ってくれてありがとう。しばらく研修医の先生がいなかったから、助かるよ」

コードを片付け、電気を消して二人はカンファレンス室を出た。

外科病棟へ向かって歩く。出勤姿のナースや他の科の医師とすれ違う。隆治はいちいち「おはようございます」と挨拶をした。外科医にとってカンファレンスが終わった時間、それは他の病院スタッフが出勤してくる時間だった。

「仕事の内容、覚えてる？」

「えへ、なんとなくですぅ」

そう言いながら隆治は、凜子が他の研修医と比べてもずば抜けて優秀だったのをよく覚えていた。なんというか、要領がいいのだろう。おまけに看護師や患者とのコミュニケーションも素晴らしく、二年前の外科ローテーションでは、隆治より上手にやっていたものだ。

凛子が二年前に数カ月外科にいた頃と変わった点を、隆治は歩きながら説明した。

「病棟のオーダーはそれほど変わってないけど、前よりも口頭指示ができなくなったからね。ぜんぶ電子カルテ《電カル》に入力しないといけなくなった。面倒なんだけどね」

凛子はうなずきながら隆治の少し後ろを歩いてついてくる。

「ま、術前とか術後管理はそんな変わってないから、先生の記憶でいけると思う。最初、一週間くらいは僕のを見てて」

「あれ、凛子ちゃんじゃん？」

すれ違ったのは耳鼻科の川村だった。

「どしたの、アメちゃんと？　まさか外科？」

「はい、そうなんですぅ、私、外科医になろうって思って」

どうやら二人は親しいようだった。当直で一緒にでもなったのだろうか。たしか凛子は耳鼻科をローテーションしていないはずだった。川村はあちこちにネットワークがあるから、不思議な繋がりもたくさんあるのだろう。

「そうなんだよね」

隆治は嬉しそうに言う。

「ええーマジで！　やめときなよ外科なんて、大変だよー！」

そう言うといたずらっぽく川村は笑った。

「ふふ、大丈夫です、ありがとうございますぅ」

「じゃあ今度三人で飲みに行こうよ、ね、アメちゃん！」

「お、いいね！」

「なんだっけな、俺アメちゃんに言いたいことあったんだけど……」

んー、と言って川村は額《ひたい》をおさえた。

「あ！　そうだ、こないだバイスタンダーCPRやったのアメちゃんでしょ？　道端で倒れた人に！」

バイスタンダーCPRとは、倒れた人のたまたま近くにいた人が蘇生行為をする、という意味である。心臓が止まってしまった場合、到着するのに平均八分ほどかかる救急車を待たずに心肺蘇生行為をすることで、蘇生率が上がるので、バイスタンダーCPRは強く推奨されていた。蘇生行為は医師や看護師以外でも行うことができる。

「え、なんで知ってるの？」

隆治は驚いた。

「だってその人、実はうちに運ばれてきたのよ。耳鼻科のかかりつけの人でさ」

――そんなことが……そういえば、病歴も何も聞いていなかった……。

　先日、隆治は上野ではるかとデート中、倒れた人に蘇生行為をした。あのときははるかが走って持ってきたＡＥＤで心臓の動きが再開し、直後に来た救急車に引き継いだのだった。どこに運ばれたのかまでは、隆治は知らなかった。

「……それで、いまは……」

　嫌な予感がしつつも、隆治は聞かずにいられなかった。

「こないだＩＣＵ出て、もう元気にしてるよ！　一度会いに来てよ、患者さんに紹介するからさ。いやーアメちゃんだったんだな、やっぱり。ありがとうね！」

　じゃまた、と別れると再び歩き出した。

「雨野先生、すごいじゃないですかぁ！　すごい！　すごい！」

　凜子がはしゃぐ。

「いや、たいしたことないよ」

　言いながらも隆治はつい顔がにやついてしまう。

　はるかとデート中に心臓マッサージをした老人が、いまも生きている。

　あのあと、隆治はすぐに到着した救急隊に引き継いだのだが、そのときの隊員がたまたま見知った救急隊員だった。ずいぶん慇懃《いんぎん》に挨拶をしたので、はるかは、救命の行為も含めて何度も「かっこいい」を連発していた。そして、「やっぱり別の生き物だよ、人間よりはるかにかっこいいんだから。惚れ直しちゃう」と言われ、隆治のモヤモヤも吹き飛んだのだった。


「それにしても……『アメちゃん』って……」

凜子が呟いた。

「かわいい……」

「ん？」

隆治は聞こえないふりをして、説明を続けた。

「手術《オペ》は、いろいろ入ってもらうことになるからね。基本的には第二助手からだけど、緊急手術が来たら執刀もあるから、ちゃんと勉強しててね。とくに虫垂炎《アッペ》、消化管穿孔《せんこう》、胆嚢炎《たんのう》とかそのあたり」

「はぁい」

凜子は楽しそうだ。

病棟に着くと、隆治は看護師長を捕まえた。

「師長さん、おはようございます。今日から西桜寺先生が外科に来まして……」

「あらー凜子ちゃん先生じゃない！　外科に来たの！」

背が低く短髪の、その看護師長の声は大きく、ナースステーション中に聞こえたようで何人かのナースが振り向いた。

「あっ凜子ちゃん！」

「凜子せんせーい」
二、三人のナースが凜子に寄ってきて腕や肩を触っている。中には吉川もいた。
「よろしくお願いしますぅ。みなさん、お久しぶりです！」

病棟看護師とも親しいようだった。

——これは……すごいな。俺より仲がいいかも……。

「じゃあそういうことで、患者さんに紹介するから回診しちゃおうか！」

隆治はそう言うと、凜子とナースステーションを出た。

＊

「失礼します」

隆治が病室のカーテンを開けると、向日は背もたれを起こして雑誌を読んでいた。

「あら、せんせ、今日は二回目？　どしたの？」

隆治は、カンファレンス前の早朝にすでに一度、すべての外科患者のところを回って様子をチェックしていたのだった。

「向日さん、今日から新しい先生が来たので」

そう言うと、凜子にカーテンの中に入るよう促した。

「おはようございますぅ。向日さん、西桜寺凜子と申します。今日から雨野先生と一緒に担当になりますので、よろしくお願いいたします」

そう言って凜子は深く頭を下げた。向日は驚いた顔をしたが、

「あ、はい、よろしくお願いします」

とベッドに正座しなおして頭を下げた。

「そうは言っても、もう向日さんは帰れそうなんだけどね」

「そうなんですね？」

凜子が言うと、向日はにっこり笑って言った。

「そうなんです、この名センセイに治してもらったの」

「えっ、名センセイ？」

凜子が嬉しそうに反復したので、隆治は慌てて言った。

「何言ってるの、普通に治ったんだよ」

――まずい、この二人、なんかまずい気がする……。

「さ、じゃあお腹痛くなったりしたらまた教えてね」

隆治はそう言うと、シャーッと強引にカーテンを閉めた。

「じゃ、他の患者さんもいるから行こう」

＊

ぐるっとひと回りして凛子を紹介した後、二人はナースステーションに戻った。そこへ、先輩外科医の佐藤が話しかけた。

「雨野、一人入院追加。昨夜当直帯に来た。ダイバーティキュライティス」

「わかりました」

「それから、西桜寺、またよろしく。しっかりね」

「はい！　また先生と働けて嬉しいです！」

佐藤は返事をせず行ってしまった。きっと手術室へ向かったのだろう。

「先生、さっき佐藤先生がおっしゃってたのって、ダイバー……」

「ああ、ダイバーティキュライティス。憩室炎《けいしつえん》のこと」

「あ、英語でそう言うんですね！」

そう言うと凜子はポケットからなにやらメモ帳のようなものを出し、書いている。相変わらず、見た目とは裏腹に真面目だ。

「じゃ、その人のところ行ってみようか」

隆治は病棟の真ん中に掲げてある患者ベッド一覧から、昨夜入院した患者のしるしの付箋が貼ってあるところを見つけた。「柏原源三郎《かしわばらげんざぶろう》」とある。二人はその患者のいる個室に行った。

こんこん、とノックをしてドアを開け、隆治から部屋に入った。

「失礼します。柏原さん」

すると白髪の男性が、掛け布団の上にベッドで横になっていた。身長はそれほど高くないが、プーさん柄のパジャマのお腹の小高い丘のような高まりから、かなり太っていることがわかった。

「ん……？　なんだ、若いのか」

小さい声だがそれがはっきりと聞こえ、隆治は内心身がまえた。しかし顔色一つ変えずに、

「今日から担当になります、雨野と西桜寺です。よろしくお願いいたします」

　と言った。

「ああ、よろしく。最初に言っておくがね、私は牛ノ町病院の院長と馴染みでね。ひとつ、よろしく頼むよ」

「ああ、そうなんですね」

　――ずいぶん横柄な人だ……。

　院長と馴染み、についてはそれだけで終え、隆治は続けた。

「よろしくお願いいたします。いま、お腹の痛みはいかがですか？」

　そう尋ねながら、隆治は柏原のお腹を見た。張っているのか、もともとのサイズなのかわからない。

「うん、昨夜は非常に痛かったんだが、鎮痛剤か？　あれを使ったらだいぶん楽にはなった」

「そうですか、それなら良かったです。ちょっとお腹触りますね」

　そう言いながら、隆治は柏原のパジャマと白い肌着をたくしあげた。白い肌にドームのような腹を見る。手術痕《スカー》はない。後ろから凜子も覗き込んだ。

「痛いのはどのあたりですか？」

「そうだね、ええと、このへん、とここ、あと上のほうも」

柏原は左右の下腹部と上腹部を指した。つまりお腹のすべてだった。

「じゃあちょっと押しますね」

隆治はみぞおちのあたりから押していった。

「いたっ！　痛いよ！　君！」

「すみません。こちらはどうですか？」

今度は右下を、かなり軽く押した。

「いたい！　いたたっ！」

隆治はじっくり柏原の顔を見ながら、一度力をゆるめ、もう一度先ほどよりは少し弱めに押した。

「これも痛みます？」

「いてっ……あ……いや、そうでもないか……」

——やっぱりか……。

隆治は力を抜くと、お腹の左下を押した。

「いたいっ！　そこは痛い！」

柏原は顔をしかめている。隆治は力を抜き、もう一度押した。

「痛たっ！　やめろよ！」

柏原は隆治の手を払いのけた。

「すみません。昨日よりはだいぶ楽にはなりました？」

「だいぶってことはないけど、まあ良くはなったよ。それで、朝メシはいつ来るんだ？」

柏原は小さい目で隆治を見、つぎに凜子を見た。どうやら凜子のことをじっくり見ている。遮るように隆治は話した。

「柏原さんは、いま憩室炎という病気になっていまして、ちょっとしばらくご飯はお休みかと……」

柏原はふうっと息を吐いた。

「君たちは、アシスタントでしょ？　あの女医さん、なんて言ったっけ、あの人を連れてきてよ。何を言ってるんだ、まったく」

柏原が言っているのは佐藤のことだろうか。

隆治は何か言おうとして、やめておいた。後ろから凜子が何か言いたそうにしているのを感じる。

「ええ、わかりました。ちょっと聞いてきますので、お待ちください」

眉がハの字になった凜子を追い立てるように、隆治は部屋を出た。ドアが閉まると同

時に、

「ちょっと先生ぇ、いくらなんでもひどくないですかぁ？　アシスタントってなんですかぁ。まだ私ならわかりますけどぉ、なんで先生まで」

と一気に言った。まあまあ、となだめながらナースステーションへ行くと、看護師の吉川が立ったまま移動式の電子カルテのキーボードをパタパタと叩いていた。いつもの、ぴったりとしたワンピース型の白いナース服にボブの髪型がよく合っている。

「あーん吉川さんー」

隆治が挨拶をする前に、凜子が吉川に顚末を話した。

「……ひどくないですぅ？　あんな人、ホントもっとお腹痛くなればいいのに」

「まあまあ、しょうがないわよ。あの人議員さんなんでしょ？」

吉川は微笑んだ。

「議員さん、社長さん、学校の先生。三種の神器みたいなものよ、ナースにとっては。やっかいな患者さんベストスリー」

「吉川さん、あと医者も、ですよね？」

「あはは、そうね。まあ気にすることないわ、ああいう人は人によって態度を変えるのよ。上の先生が来るとペコペコするんだから、上の先生に任せとけばいいのよ。そんなこと、雨野先生はよぉーくわかってるのよ」

「いや、まあ」

それにしても「君」と患者さんに言われたのは初めてのことだ、と思いながら隆治は頭をかいた。

「さすがね、先生」

そう言うと、吉川はにっこり笑った。

取り立てて美人というわけではない吉川だが、患者だけでなく医者に対してもいつも愛嬌が溢れている。隆治が研修医の頃は、男性研修医の間で吉川は大変な人気だった。たしか同期の川村も飲みに誘っていたような話を聞いたことがある。いまは三〇歳はとうに過ぎているだろうが、年齢を感じさせない若々しさだった。痩せていてグラマーではないが、なんとも言えない色気を持っている。男の噂がまったくないのも吉川の魅力を上乗せしていた。

朝のナースステーションは看護師同士の申し送りやらいろいろな科の医師からの指示の声でざわめき、まるで朝の市場のようだった。

隆治はＰＨＳで佐藤に電話をかけつつ、電子カルテにログインして柏原のカルテを開いた。

「はい」

「先生すみません、雨野です。いまよろしいですか?」

背後にはモニターの音が聞こえる。手術室にいるようだった。

「これから手、洗うところだけど。なに?」

「すいません。昨夜緊急入院した柏原さんなんですけど、禁食でいいですよね?」

「うん。採血検査《ラボデータ》、結果もう出た?」

隆治はカルテの採血結果をクリックした。

「はい、炎症がちょっと上がってるくらいです」

「じゃよろしく」

そう言うと電話は切れてしまった。

最後のよろしく、は、点滴や薬などいろいろと看護師に指示を出し、患者に説明をしておいて、という意味を含んでいる。隆治は佐藤と一緒に働くようになって四年が経ち、ようやくそういう省略された意味がほぼ完璧にわかるようになった。そしてその言葉少ななスタイルは、外科のもっと上の、岩井や部長なども同じなのだった。これが外科という科の文化であるらしかった。

隆治は凛子を連れ、再び柏原の部屋へ行った。

「失礼します」

ノックをして引き戸を開けると、柏原は眼鏡をかけベッド上で新聞を読んでいた。

「はい」

野太い声を出すのは威嚇しているのか、機嫌が悪いのか。隆治には判断がつかなかったが、構わず話し始めた。

「いま主治医の佐藤先生とお話をしまして、まず数日は食事を止めて点滴で治療をしましょうということになりました」

新聞を持つ手はそのままに、柏原は顔だけこちらに向けて言った。

「食事を、止める？」

「はい」

「君に、そういう権限があるのかね」

「権限……と言われると困っちゃいますが……治療に必要なので……。いま柏原さんは、腸に炎症が起きていまして、一度ご飯を休んでお腹を安静にしてあげる必要があります」

柏原はそれには応えず、バサバサと新聞を畳んだ。後ろで凛子が硬直しているのが隆治には感じられた。

「そうか」

なんとか納得はしたようだ。

「君は、医者になって何年目だね？」

柏原は眼鏡を上げながら尋ねた。

「え？　ええと、五年目になります」

隆治は動じない。

「後ろの、は？」

隆治は振り返った。

「私ですか？　私は、研修医です。もうすぐ三年目です」

はぁー、と柏原がわざとらしくため息をつく。

「……柏原さん。我々のことはともかく、これから食事はなしで、点滴を続けます。憩室という、腸からちょっと出っ張った部分に便などがたまり炎症が起きています。ですので、採血のデータがよくなって腹痛が治まるまでは……」

「わかった、わかった。もういいよ」

そう言うと、柏原は左手を広げて静止するようなかっこうをした。

「わかりました。失礼します」

やはり何か言いたそうな顔の凜子を制して、隆治は部屋を出た。

ナースステーションに向かう廊下で、二人は顔を見合わせた。

「先生、なんか大人になりましたね」

「えっ、そう？」

そう言いつつ、隆治は内心、まずまずうまく対処できたことに満足していた。研修医の頃だったら、説明もできず退散していただろう。

ナースステーションに戻ると、電子カルテで凜子に柏原のオーダーを入れさせた。

「そう、禁食で、飲水は『水のみ可』にしよう。点滴は一日二〇〇〇ミリリットルだから四本、抗生剤も一日三回で。採血は、そうだな、三日後くらいに入れておこう」

早口で隆治は言っていったが、凜子はほぼ完璧にオーダーを入れていく。とんでもなく使いにくい電子カルテというシステムの操作もまた、若手医師にとって重要なスキルの一つだった。

やはり優秀だ、と隆治は思った。

＊

「じゃ、お願いします。メス」

「お願いします」

佐藤は患者の白い腹に尖ったスピッツメスを入れた。


その二〇分後、隆治と凜子は手術室にいた。この日は佐藤の執刀する大腸癌の手術だったが、二人が助手として参加する予定はなかった。なぜなら、先週のカンファレンスでこの手術を佐藤の「手術エキスパート認定試験」に提出することが決まっていたから、助手も上級医が務めることになっていたのだった。「手術エキスパート認定試験」は合格率が例年二五パーセントほどの狭き門だ。手術のビデオを完全に匿名化した状態で学会へ提出し、審判の熟練外科医が採点をし、合否を決めるのだ。

手術室はひんやりとしている。いつもとは違う張り詰めた空気なのは、第二助手が外科部長の須郷《すごう》であるだけでなく、いつもはおちゃらけた岩井が真剣な表情だからだった。

隆治はこの手術室の雰囲気が好きだった。厳《おごそ》かで、神聖で、どこか恐ろしさもある。

凜子もすぐに察したらしく、真剣な表情で押し黙っている。

「コッヘル」

「電気メス」

「筋鉤《きんこう》」

まるで空港のターミナル間を往復する無人運転の列車のように、自動的に手術が進む。飛び交うのは器械の名前だけだ。隆治と凜子は邪魔にならないよう、しかし術野を見学できるように足台に乗って佐藤の後ろから患者の腹を覗き込んでいた。

──速い……。

この手術の三人のメンバー、執刀医の佐藤と上司二人という組み合わせは、実はとても珍しい。普通、佐藤が執刀するときは隆治と研修医か、佐藤より上の外科医がいても岩井がいるくらいだった。明らかに「認定試験」用のシフトだった。めったにない三人の手術だが、息はぴったりだった。隆治は呼吸をするのも忘れて見入った。

あっという間にお腹が小さく開《あ》く。

「ポート。一二ミリ」

言うと同時に、器械出しナースがポートと呼ばれる細長い筒を佐藤に渡す。そのタイミングからして、どうやら今日の器械出しは優秀な人のようだ。

隆治は真剣に見ていた。まばたきの回数も減っていた。とにかく佐藤の一挙手一投足のすべてを見落とさないように。それだけが自分の技術を上げる。そう信じていたからだった。

あっという間に五つのポートが腹に刺さり、細長いカメラが須郷部長に渡された。

「いや、カメラ持ちなんて久しぶりだな」

そう言うとファッファッと笑ってカメラをポートから挿入する。そこにいる全員が患者の腹から、ちょうど目線くらいの高さのモニターに目を移した。狭く長いトンネルのようなポートをカメラが越えると、そこは腹腔内《ふくくうない》だった。黄色い脂肪は目に鮮やかで、くすんだ色の肝臓は表面がごつごつしていた。

――肝硬変《LC》……。

隆治は瞬間的に思った。この患者の手術後の点滴量はいくつだったか、採血の項目にきちんと肝臓は入っていたか。研修医の頃なら、この肝臓の見た目から肝硬変患者であることも、肝硬変患者では手術後に腹水がたまりやすいことも、手術のストレスで肝臓の機能が悪くなる可能性があることも、何も思い至らなかっただろう。

ということは、凜子は何も考えずにただモニターに映る患者のお腹の中を見ているに違いない。

「じゃ、麻酔科のセンセイ、頭低位《ヘッドダウン》お願いします」

佐藤の声は、緊張というほどではないが、いつもより少し硬い。

ウイーン、という音とともに患者の体が斜めになっていく。

そこからまた、隆治は手術に見入った。普段であれば研修医が暇をしていないか、置き去りになっていないか時折は気にかけるのだが、今日は違った。凜子のことなどすっかり忘れ、佐藤と岩井の手術に見入っていた。

——このレベルだったのか……。

もしかすると、今日の手術では外科医たちが「本気を出している」のではないかと隆治は思った。普段の手術とは明らかにスピードが違う。痩せた女性という、もっとも大腸癌の手術がしやすい体型の患者であることを差し引いても、いつもの一・五倍は速い。

おそらく、ここまで高いレベルの手術をしても、もう少し遅くレベルの低い手術をしても「結果」は変わらないだろう。「結果」とは、患者が入院に要する日数や、合併症が起こる率、創《きず》の大きさ、である。であれば、これ以上レベルを上げていくことは自己満足でしかないような気もする。それがわかっていても、スピードと正確さを追求してしまうのが外科医の性《さが》だった。

「ありがとうございました」

手術は一時間半もかからずに終わった。佐藤にとっても、過去最高に速く美しい手術だった。隆治は興奮した面持ちで凜子に話しかけた。

「凄いね」

凜子は黙ってうなずく。が、その凄さをまったくわかっていないようだった。

「二人、ご飯行ってきなよ」

血のついた手袋を取り、ブルーの使い捨てガウンをビリッと破って脱ぎながら佐藤が話しかけてきた。まるで舞台から降りたばかりの主演女優のような顔だ、と隆治は思った。

――こうなりたい。俺は、この高みまで……。

「はい」

そう言うと、上気した顔で隆治は手術室を出た。凜子が遅れないよう小走りでついてきたが、隆治はしばらく気づかなかった。

＊

午後の手術が終わり、時刻は七時を回っていた。

隆治は凜子とともに夕方の回診を始めるべくナースステーションにいた。

「じゃ、回ろうか」

二人は向日の部屋に入ると、カーテンを開けた。

「こんばんは」

「おおー、先生たち、こんばんは。元気?」

向日はベッドに座ってノートパソコンを開いている。

「元気ですよ。……ってそれはこっちのせりふ。調子はどうです?」

あはは、と笑うと向日は答えた。

「大丈夫」

そう言うとぱっと黄色いパジャマをめくり、お腹を出した。

――あの線。

臍からまっすぐ下に延びる手術痕《スカー》を見ると、やはり隆治は思わず目をそらしそうになってしまう。

「お、いいですね。もう張ってない」

「うん。先生の好きな……うんちも毎日出てるよ」

向日は少し恥ずかしそうに言った。もう退院が近い。

それじゃ失礼します、と隆治は言って部屋を後にした。

「向日さん、元気そうで良かったですぅ。でも、あんなに若いのにお腹に大きな創があって可哀想ですぅ」

「うん」

あまりにハッキリと口に出して言われたので、曖昧な返事をした。

それから何人かの患者の部屋を回り、最後に柏原の個室をノックした。

「失礼します」

室内に二人が入ると、眼鏡をかけた柏原はベッドではなく椅子に腰掛けて新聞を読んでいた。一日一万五〇〇〇円の追加料金がかかるこの個室はまあまあの広さがあり、椅子とテーブルが室内にあった。窓が少し開いているのか、室内は少し冷えていた。

「ああ、先生方」

てっきり「君たち」と呼ばれると思っていた隆治は拍子抜けしながらも表情には出さない。

「いかがですか、お腹の痛みは」

「うん、すっかり良くなりましたよ」

柏原は自分の腹をさすった。隆治は一瞬、お腹の触診をしたいと思ったが、そのためには座っている柏原にベッドに横になってもらう必要がある。

――まあ良くなってるって言ってるし、いいかな。

「わかりました、また明日様子を教えてくださいね」

「ええ、ありがとうございます」

――何かおかしい……態度が朝とまるで違っている……。

隆治はそう思ったが、「失礼します」と言って退室した。

廊下で凜子が「あの人、急に態度変わりましたね」と言った。同じ違和感を持っているようだったが、回診も終わったのでそのまま解散とした。


医師の待機場所でありオフィスである医局に戻り、白衣をハンガーにかけて自分の席に腰掛ける。ＰＣを立ち上げると、隆治はエクセルのファイルを開いた。先日、上司の岩井から「学会発表してもらうからデータをまとめとけよ」と言われていたのだった。

そう言われても、学会で発表すること自体、隆治にとって初めてだった。これを読めばだいたいわかるから一度スライドを作ってみな、と言われて渡された『外科医のための臨床研究』という本を開いて読んでいく。臨床研究。研究計画書。サンプルサイズ。聞き慣れない言葉が並ぶ。

これまで学会に参加したことはあったが、せいぜい佐藤や岩井といった上司たちの発表を見るくらいで、自分で発表した経験はない隆治だった。本を読んでいくと、また自分がひとつ新しい世界に吸い込まれていくような感覚にとらわれた。隆治は夢中で本を読んだ。

ピリリリリ　ピリリリリ

不意に机上のＰＨＳが鳴った。見ると外科病棟からの電話である。

「はい、雨野です」

「先生、吉川です。大変なの」

病棟看護師の吉川からだった。いつになく真剣な声だ。

「個室の憩室炎の柏原さんね、さっきからすごくお腹痛くなっちゃって……」

「え、柏原さんが？」

柏原は夕回診では元気に座っていたはずだ。あのあと突然痛みが出たのだろうか。

「そう。それでね……先生、柏原さん、いろいろ聞いたらさっき白状したんだけど……」

一呼吸おいて吉川は続けた。

「夜、お寿司食べたんだって」

「え？　お寿司？」

――食事始めたっけ？　いやそんなはずはない。禁食にしているはずだ……。

「あの人、禁食じゃない？　それでもお見舞いの人が買ってきたのをこっそり冷蔵庫に入れてたみたいで、私たちの目を盗んで食べちゃったの」

「そんなことあるんですか？　と、とにかく」

「うん、先生来てくれる？　ごめんね遅い時間に」

「いや、医局にいたから大丈夫です」

そう言いながら壁の時計を見ると、一〇時ちょっと前を指していた。

白衣を摑むと羽織りながら隆治は急いで病棟へ向かった。


医局から病棟へ、暗い渡り廊下を通っていく。薄ぼんやりと非常灯が緑色に廊下を照らしている。医者になり早五年目、いったい何度この消灯後の暗い廊下を急ぎ足で歩いただろうか。自分の足音だけが響く暗がりを、隆治は急いだ。

病棟に着くとすでに消灯しており、ナースステーションも少し暗かった。吉川の姿は見えない。柏原の個室へと向かった。

ノックをして引き戸を開けると、柏原が横向きで海老のような形でうずくまっている。傍らには懐中電灯を手にした吉川が立っていた。

「あ、先生」

「失礼します。柏原さん」

隆治は声をかけたが、柏原はうずくまったまま動かない。

「一応、疼痛時の指示にあった痛み止めは点滴《ドリップ》で使ったけど、全然効かないの」

「何を使いました？」

「ロピオンを五〇。もう三〇分くらい経ちます」

それくらい時間が経っているなら、確実に薬の効果は出ているはずだ。それでも痛いということになる。

「柏原さん、わかります？」

隆治は耳元で大きな声を出した。柏原は目をぎゅっとつぶったまま声を出さずうなずく。

「ちょっと仰向けになれますか？」

問いかけには反応しない。吉川が、

「先生が診察するから、仰向けになってちょうだい」

と言い、柏原の肩と腰を引いた。

「痛い！　何するんだよ！」

柏原は吉川の手を振りほどいた。

「診察させてください、柏原さん」

隆治は大きな声で言うと、吉川の加勢をして柏原の体を仰向けにした。

「痛いんだから！　お前ら！」

隆治は無視して柏原のお腹をパジャマの上から触り出した。

「押すと痛みます？」

柏原の腹は力が入っていて硬かった。これでは病気で硬いのかどうか、わからない。

「力を抜いてください」

「力なんて入れてないよ！」

隆治は再び触った。

——まずい……。

やはり柏原の腹は硬かった。力が入っていなくても硬いということは、腹膜炎《ふくまくえん》が起きていることを意味していた。腹膜炎は、主に腸に穴が開くことで起きるもので、お腹全体が激しく痛む。放っておくと命に関わる危険な状態である。

「はい、ありがとうございます。楽な姿勢になっていいですよ」

隆治がそう言うと、柏原はまたゆっくりと横向きの海老になった。

「柏原さん。ちょっと検査しましょう。もしかしたら腸に穴が開いてしまったかもしれません」

「腸に穴が開いていると、このまま手術しないといけません」

柏原は目をぎゅっとつぶったまま返事をしない。

「えっ！」

柏原は急に小さい目を開けた。

「なんだよそれ！　ふざけるな！」

「なんだよそれと言われても……とりあえず検査しましょう。お腹、痛みますよね？」

「痛いに決まってるだろ！　早くなんとかしろよ！」

吉川がため息をついた。

「吉川さん、では採血してからすぐＣＴに」

「ええ。単純ＣＴでいい？」

「はい、単純で」

隆治は病室を出ると、ナースステーションに向かった。

——あの感触は……間違いない……いや、あの人は大げさだから、痛がりすぎているだけか？……いやそんなことはない、あの腹の硬さは……しかし違っていたら大変だ……でもあの硬い感じ、痛みの感じは間違いないか……。

考えれば考えるほど、悩ましい。腹膜炎の診断は、手術のタイミングが遅れると患者が死亡する可能性が上がるため、絶対に見過ごすことはできない。その意味では、やや過剰なくらいに疑ってかからなければならないのだ。

——しかし、もし違っていたら、あの柏原のことだ、何を言われるかわからない……痛いのに検査なんかしやがって、くらいのことは言いそうだ。

ナースステーションに着いた隆治は、柏原のカルテを開き記載した。

S）腹が痛い

O）腹部　圧痛は全体にあり、板状硬？
　禁食中だが寿司を食べたとのこと

A）大腸憩室の穿孔の可能性あり

P）採血、CT。穿孔があったら ope もありうるか一度読み返すと、ずいぶん自信のないカルテだな、と思った。

一〇分後。隆治はCT室にいた。当直中の放射線技師があくびをしながら機器を操作していたが、いつもながら素早い操作だった。いくつもの画面で撮影の条件なのだろうか、英語や数値をクリックし、CTの撮影範囲を指定していく。あっという間にCTの撮影が始まった。

「いきを　とめてください」

抑揚のないアナウンスが流れると、CTの丸いトンネルに柏原が吸い込まれていく。

隆治はふと、ここでいつか急変した患者がいたことを思い出した。

――あのときは大変だった……たしか川村がいて、一緒に心臓マッサージしながら救急外来に戻ったんだよな……。

「先生、大丈夫？」

一緒につきそってきた吉川が声をかける。どうやらぼんやりしていたようだ。ガラス越しに見た撮影室の中では、柏原がぐったりしている。

「あ、すいません」

「大丈夫ー？　もう眠くなってきたんじゃないの？」

「そんなことないです」

と言いながら吉川を見た。マスクをつけているが、目元はしっかりメイクをしている。

「画像出ますよー」

放射線技師が声をかけてくれる。隆治は画像を食い入るように見た。

――どうだ……ダメだ……。

CT画像には「フリーエアー」と呼ばれる所見があった。人間のお腹の中には胃腸や肝臓などいろいろな臓器があるが、臓器と臓器のあいだのスペースには空気はまったく存在しない。胃と腸の中には、ゲップやおならの元になる気体があるが、腸の外に気体がある、つまり「フリーエアー」があると、胃か腸に穴が開いているということになる。そしてそれは、緊急手術をする、という意味でもあった。

「吉川さん、憩室穿孔でオペです。病棟戻ったら家族呼んでください。オペの説明します」

「はい」

吉川は隆治の顔を見て察していたようだった。

病棟に戻ると、ベッドに横になる柏原に話した。

「柏原さん、腸に穴が開いてしまっています。いまから緊急で手術が必要です」

柏原は腹痛が続いているからか、顔をしかめながら弱々しく答えた。

「なんで……なんでだよ……」

「柏原さん、お寿司食べたんですよね？　それで穴が開いちゃったんじゃないですか」

隆治は呆れて言った。

「柏原さん、憩室炎だから食事はしばらくダメですよって言いましたよね？　食べたから悪くなってしまったんです」

「…………」

柏原は返事はせず、イテテテ……と言っている。

「とにかく、ご家族にいまから来てもらって説明しますので。いいですね？」

「院長呼べよ、院長」

急に大きな声を出したので、隆治は驚いた。

柏原の目はらんらんと光っている。

「い、院長、ですか？」

「そうだよ、友達なんだから院長の！　俺は！」

隆治はあやうくため息をつきそうになったが、すんでのところでこらえた。

——ダメだ、これは……。

「あのね、柏原さん」

隆治は柏原の目をまっすぐ見て言った。

「院長が診ようが誰が診ようが、腸に穴が開いているんです。だから手術が必要です。院長は呼んでもかまいませんが、本当に呼びますか？」

だんだん自分の声が大きくなってくるのを感じる。

そこへ吉川が戻ってきた。やりとりを聞いていたようだ。

「ねえ、柏原さん。私から見ても、雨野先生の診立てでじゅうぶんよ。ね、院長先生なんかお呼びしたらまたあとで御礼するのも大変じゃない。しかも院長先生、たしかお宅は病院から遠いのよ」

優しくゆっくりとした吉川の声で、柏原の目の光は徐々に弱まっていく。

「だから、おとなしく言うことを聞きましょう。ね？」

そう言うと、柏原は力なくうなずいた。

——まるで子供か猫みたいだ……。

隆治はちらっと時計を見て一〇時半であることを確認し、病棟から佐藤に電話をかけた。

相変わらず佐藤はすぐ電話に出た。

「もしもし、すみません夜遅くに失礼します。雨野ですが……」

「ん、どしたの」

仕事中の雰囲気と少し違う声に隆治は戸惑った。

「……実は、憩室炎の柏原さん、夜に隠れて寿司を食べたらしく……」

「…………」

返事はないが続けた。

「腹痛が強くていまCTを撮ったら、フリーエアーがありまして……穿孔《あいてる》かと……」

「……え？　ちょっと待って」

電話口の向こうでごそごそという音が聞こえる。五秒ほどして佐藤は続けた。

「なに、フリーエアー？　開いちゃった？」

「ええ……」

「……わかった、すぐ行く。バイタル大丈夫？」

「はい、バイタルは……大丈夫です」

と続けた。

「うん、それじゃ家族呼んで麻酔科とか手術室とかもろもろ準備しといて。一五分で行く」

「わかりました」

電話は切れた。

隆治は、静かなナースステーションで電子カルテに緊急手術のオーダーを入れ始めた。

＊

ポッポッポッポッポッ……

モニター音がひんやりとした手術室に響く。隆治は呼び出した凜子とともに、全身麻酔がかかって眠っている柏原のお腹を消毒していた。イソジンの液体が、白く肥えたお腹を茶色く染めていく。

「いや、それにしても寿司食っちゃうとは驚いたな」

「ホントですぅ。でもご本人は怒ってましたねえ」

「まったく。術後も大変そうだな」

二人は消毒を終えると、手術室を出て手洗い場に行った。そこでは先に佐藤が手を洗っていた。

「よろしくお願いしますぅ」

隆治が言うより先に凜子が言ってしまったので、隆治は黙って手を洗い始めた。

「お、よろしく。偉いね、こんな遅い時間に研修医が」

凜子はてへ、と笑っている。隆治は鏡に映る自分の顔を見ながら手を洗った。手術の前に、手についている菌を減らす目的のはずの「手洗い」という行為だが、隆治にとっては何か一種の儀式《イニシエーション》のように感じられるのだった。俗の世界から、聖なる世界へ。その世界でだけは、外科医は人を傷つけることが許される。その代わり、人を殺《あや》めることさえある。そちらの世界へ自分の心と身体を持っていくための、五分間だった。今日の手術はただでさえ邪念が入りそうだったから、隆治はいつもより余計に丁寧に手を洗った。まずは爪、そして手のひら、手の甲、親指、指間、小指……少しずつ精神を集中させていった。

先に佐藤が手を洗い終え、手術室に入った。続いて隆治、凜子が入っていく。

青い「覆《お》い布《ふ》」と呼ばれる、一畳ほどもありそうな大きな紙をバサッと患者にかける。

顔も足も覆われ、腹部だけが四角い穴から露出する。

「電気メスね」

佐藤はいつものように淡々と準備を進める。

「外回り」も「器械出し」もどちらも若い男の看護師だった。

「じゃ、西桜寺、こっち」

佐藤はそう言うと凜子を患者の右に立たせた。患者の右は、執刀医の立つポジションである。つまり、これは佐藤が凜子にやらせようとしているということを意味した。

——わかってるかな……。

「じゃあメスね。渡してあげて」

看護師がメスを凜子に渡すと、やはり驚いている。メスを持つのも初めてだろう。

「開腹だけ、やってみ。できるところまでね」

「は、はい！」

凜子は上ずった声を出した。

「それじゃよろしくー」佐藤が言うと、「よろしくお願いします」「お願いしまーす」と皆が口々に言った。

「じゃ切って。ここからここまでね」

佐藤が患者の臍上五センチから臍下五センチまでを指定する。銀色の円刃《えんじん》と呼ばれるタイプのメスが、患者の腹に入っていく。凛子がメスの教科書的な持ち方である「バイオリン弓把持法《はじほう》」ができていたことに、隆治は驚いた。きっと予習していたのだろう。

——俺が初めてメスを持ったときは、持ち方も教えてもらったな……。

そう思い、マスクの下で隆治は微笑んだ。メスがさっと左から右へ走る。

「あ、ちょっと！　切りすぎ！」

佐藤が凛子を制止する。

「ああーんすいませーん！」

「ハイ、じゃ次は電気メスを持って……」

凛子は電気メスを持つと、皮膚のすぐ下の真皮《しんぴ》と呼ばれる白い組織を切り出した。ピーーーッという音が鳴る。

「ちょっと！　速いよ！　しかも深い！」

佐藤が珍しく慌てている。隆治が見ていても、凛子はかなり大胆だった。

「すいませぇん！」

そう言いながら、凛子は切っていく。

「そう、左、いやもうちょい右、うん、そこをそう……」

「はい。コッヘルくださぁい」

手順はしっかり頭に入っているようだ。それから五分ほどで、患者の腹はしっかりと開いた。

「オッケー、じゃあ雨野に代わって」

「はい！　ありがとうございましたぁ！」

凜子はいそいそと立ち位置から離れた。隆治が代わりに患者の右側に立つ。

隆治は凜子が最初に開腹を命じられたとき、この展開を予想していた。外科医は余計なことは口にしない。だから、前もって「開腹は西桜寺、そこからは雨野」のような指示を上司が出すことはほとんどない。しかしこの慣習は、若手にとってはいつ突然チャンスが来るかわからず、常に臨戦態勢でいなければならないという緊張状態を生んだ。

「よろしくお願いします」

隆治は冷静だった。

——腹は開いてるから、開創器をつけて、穿孔している場所を探す。そこの大腸を切って、人工肛門を作ればいい……。

隆治は目を見開くと、腹の中に意識を集中させた。

*

手術が終わり、柏原を乗せたベッドが集中治療室《ICU》に入ると午前三時になっていた。集中治療室はどうやら今夜は空《す》いているらしい。半分くらいのベッドは空《あ》いていた。看護師が中央のステーションで足を組んだまま電子カルテをいじっていた。

隆治と凜子がベッドを押し、集中治療室の中央あたりのスペースに入れた。看護師が立ち上がって近づき、てきぱきとモニターをつけだした。

「お疲れさん」

「は、ありがとうですぅ。先生こそお疲れ様です」

凜子は明らかに疲れているようだった。

「術後のバイタルも安定してるし、とりあえずちょっと休もうか」

隆治はベッドから数メートル先のナースステーション内で椅子に座った。座ると急に、かかとや腰がじんじんと痛み出す。手術を執刀した興奮は、肉体の疲労と深夜の眠気に押し流されてどこかへ行ってしまいそうだった。

凜子は隆治のそばで無言のまま立っていた。

「座っていいよ」

「あ、ありがとうございます」

凜子はもはや頭も回っていないようだった。二人は手術着のまま、しばらく椅子に座って柏原のベッドを見ていた。何かを考えているようで、何も考えていなかった。柏原のベッドでは、看護師二人が管《ドレーン》や点滴、モニターなど二〇本ほどのコードを整理している。それを見ていると、ほんの五メートルほど先が、まるで砂漠で出会った遠くのオアシスであるかのような感覚にとらわれた。

ガーッという音がし、集中治療室のドアが開いた。しかし二人は振り向きもしなかった。

「どう?」

やってきたのは佐藤だった。手術が終わったあとだというのに、微塵も疲れを感じさせない。

「はい」

隆治は慌てて立ち上がると、モニターを見ながら言った。

「バイタルはまあ落ち着いていますね」

「そうだね。じゃあ今日はこのまま様子を見よう。もろもろ指示した？」

「これからです」

「うん、じゃあよろしく。ま、汎発性腹膜炎《パンペリ》になってからそんなに時間経ってないから大丈夫そうだけど。今日は泊まるから、なんかあったら電話《コール》して」

そう言うと佐藤はすたすたと歩いて集中治療室を出ていった。ぴしっと髪を一つにまとめた後ろ姿からも、疲れを感じさせない。

「先生ー」

それまで黙っていた凜子が言った。

「すみません、指示とか」

「うん、今日はもう遅いから俺やっちゃうから」

「すみません」

凜子は頭を下げた。きっといまは起きているのもやっとだろう。明日も七時からいつもどおり仕事が始まる。

隆治はベッドサイドへ行き、看護師へ一通りの指示を出した。

「じゃ、引き上げよう」

二人は集中治療室を出た。凜子と別れ、医局の隣の狭い仮眠室へ入ると、隆治はベッドに倒れ込んだ。そして先ほど執刀した手術のことを考えた。

――あの血管、出血させないで処理できて良かったな……それにしても大腸の外側、もう少しスムーズにやりたかった……明日はオペ、大丈夫かな……。

そのまま隆治は眠ってしまった。

＊

翌日は、早朝からカンファレンスだった。

「それではカンファレンスを始めます」

岩井が言うと、隆治は電子カルテを操作した。

「緊急手術……は、昨日あったんだっけ」

「はい」

隆治はマウスを操作し、柏原のカルテを表示させた。

「憩室炎で入院中の柏原さんですが、昨日穿孔してしまいまして緊急手術を行いました。CTではこのように、フリーエアーを認め、このあたりの腸管の浮腫と脂肪織濃度の上昇を認めており、この憩室穿孔と診断いたしました。夜に佐藤先生に来ていただき、手術を行いました。臍を割るような中下腹部《ちゅうかふくぶ》正中切開で開腹しますと、腹腔内《ふくくうない》は混濁した腹水を……」

「ちょっと待って、憩室炎だろ？　なんで穿孔したの？」

岩井が低い声で指摘した。

「あ、すいません。実はこの方、禁食で管理していたんですが、昨夜お寿司を食べてしまいまして、その後から……」

「寿司？」

岩井は驚いた顔をした。暗いカンファレンス室に笑いが起きる。

「夜食べて夜穿孔《開く》するかね」

部長の須郷が口を開いた。

――たしかに……。

「たぶんさ、その人、昼も隠れてなんか食べてんだよ、バレてないだけで」

岩井は、はあ、とため息をついた。

「指示に従わない、しょうもない患者」

相変わらず岩井の口は悪い。外科医たちは笑っている。

「……ええと、続けてよろしいですか？」

「うん」

「お腹を開けると、明らかに便が腹腔内に漏出《ろうしゅつ》している所見はありませんでした」

カンファレンス室は再び静かになった。

「Ｓ状結腸を授動し、血管処理はＬＣＡ分岐後のＳＲＡを処理しました。肛門側腸管を切り、穿孔部は切除した上で人工肛門《ストマ》を上げHartmann《ハルトマン》氏手術をしています。手術時間は二時間五〇分、出血量は五〇ミリリットルでした」

誰も何も言わない。隆治は淡々と続ける。

「術後経過は、昨日の今日ですが循環・呼吸など問題ありません」

隆治は言い終えると佐藤の顔をちらっと見た。モニターに照らされた佐藤は、何も言わない。ということは、とくに発表《プレゼン》に不足はないと考えてよいのだろう。

「はい、なにかありますか」

岩井が面倒臭そうに言った。

「雨野、こういう人はあとあと『話が違う』とかなんとか言ってモメるから、いちいち佐藤に話してもらえよ」

「はい」

隆治はもう一度佐藤をちらっと見た。表情は変わらない。視界に入った凜子は、椅子にもたれて寝ていた。

それから数例の発表を経て、カンファレンスは終了した。


隆治がコードを片付けていると、凜子が手伝ってきた。

「先生！　すみません、これからは私がやりますぅ」

「え？　あ、いいよ、じゃあ一緒やろう」

凜子はふあーっと大きなあくびをした。外科医たちがみなカンファレンス室を出ると、凜子は言った。

「先生、眠くないですかぁ？」

「ん、まあまあ眠い」

そう言って隆治は笑った。

「ところで、先生はなんで三月から外科来たの？」

「えぇー、先生話しましたよね？　わたし、外科医になるんですよ！　だから、ホントは研修医が終わる四月から外科なんですけど、フライングしちゃったんですぅ。早く仕事、覚えたくて」

「あ、そうだったっけ？」

隆治は、そんな大切なことを忘れていたのを申し訳なく思った。

「じゃあこれからもよろしくね」

「よろしくですぅ」

そう言うと、凜子はもう一度ふあーとあくびをした。

それにしても凜子は相変わらずなかなかの大物だ。凜子のいる外科はこれから活気が出そうだと隆治は思った。

つられてあくびをしながら、隆治はカンファレンス室を出た。

＊

眠気が抜けないまま、隆治と凜子は病棟で回診をした。向日の部屋を訪問する。

「おはようございます」

カーテンを開けると、向日は起きていてベッドに座り、雑誌を読んでいた。

「お、おはようございます。あれ。どしたの？」

「え？　なにがですか？」

「だって顔、パンパンだよ？　二人とも」

隆治は凛子と顔を見合わせた。そう言われてみれば浮腫《むく》んでいるかもしれない。

「昨日、ちょっと遅くまで手術だったんですぅ」

「そうなの？　飲みすぎとかじゃないのかなあ。ま、いいけど。あ、私ね、今週土曜日に退院してもいい？」

「いいですよ」

「そうすればお母さんお迎え来れるんだ」

「わかりました」

「それと……ちょっとお願いなんだけど……」

向日は言いづらそうにしている。

「……あのさ、海外旅行ってしてもいいかな？」

「え？　海外？」

「うん。ほんの数日ね」

「海外……」

とっさに考えたが、頭があまり回らない。

「ん、まあいいような気もしますけど……」

――まてよ。

隆治は、先日のCTで新たに腹膜播種と肺転移が出てきていたことを思い出した。しかしそのまま言うわけにもいかず、

「あ、ダメだ、向日さん、かかりつけの夏生病院の先生に聞かないと。ほら、抗癌剤とかやってたじゃないですか」

とごまかした。

「えぇー。あっちの先生、頭固くてさ。どーせダメって言うんだもん」

癌患者が海外旅行。隆治はこれまでそういう患者に出会ったことはなかったし、聞いたこともなかった。わからないのは眠い頭のせいだけではなさそうだ。

「一応、外科の佐藤先生にも聞いてみますけど、基本的には癌の治療をしてる夏生病院で聞かないと」

「ぶー。わかりました」

そう言いつつ、納得した顔はしていない。隆治は聞いときます、と言いカーテンを閉めた。

それから数日後、食事がとれるようになり元気になった向日は退院した。

Part3　アメリカ

「えっ……春海《はるみ》くん？」

「ごめん、連絡もなしに」

　マンションの入り口に立っていたのは、紺色のダッフルコートに身を包んだ交際相手の渋谷《しぶや》春海だった。

　佐藤はその日、朝からの手術を二件終えたのち、近づいている学会登録の締め切りに備えデータ解析をしてから帰宅した。上野の不忍池《しのばずのいけ》にほど近いマンションに、佐藤は住んでいた。

　築年数は三〇年と古いが内装をリノベーション済みの綺麗なマンションで、佐藤が入居してかれこれ八年になる。不忍通りに面し、その向こうはもう不忍池だ。背後には一本路地を挟んで東大の大学病院があり、便利な割に静かな土地だったので佐藤は気に入っていた。

「どうしたの、急に」

「いや、ちょっと」

渋谷は、言いづらそうにしている。暗くてあまり顔が見えないが、真剣な面持ちのようだ。もともと、笑ってごまかすようなことをしないタイプの男ではある。

マンションの入り口で立ったまま、佐藤は渋谷が口を開くのを待った。渋谷はすらっとして背が高いから、自然と佐藤が見上げるかっこうになる。まっすぐ佐藤の目を見る割には、渋谷は話し出さない。佐藤は手術による脚の疲れを感じていた。二人の隣をごおっと大きなトラックが走り、佐藤の髪が顔にかかった。三月の東京は、まだ少し肌寒い。

「……とりあえず、部屋入る？　散らかってるけど」

「うん」

エントランスを入ると、佐藤は郵便受けをチェックし、すでに一階で待機していたエレベーターの「上」ボタンを押し、乗り込んだ。渋谷はあとに続く。

ごうん、という音でエレベーターは上がり始めた。

「ごめんね急に」

「あ、ううん」

「お腹、空いてるよね？」

渋谷にそう言われて佐藤は、昼食をとっていなかったことを思い出した。

「そうね、ちょっと空いたかな」

なんとなく白々しい会話は、何か大切な話をする前の予兆だ。渋谷はいつもそうだった。しかし、連絡もなしに家の前で待っていたのは、一〇年の付き合いの中でこれが初めてだ。

三階の三〇四号室の鍵を開ける。

「どうぞ」

ドアを開け玄関に入ると、廊下とも呼べないほど短い廊下には左に二つ、右に一つのドアがある。左手前は寝室、右は浴室と洗濯機のスペースだった。

左手奥の扉からリビングに入り、灯りをつける。一二畳あるリビングには、小さいテーブルと二脚の椅子、そして奥にはテレビを向いたソファがあった。

「座ってて」

「うん」

佐藤はハンドバッグをテーブルに置き、冷蔵庫を開けた。向こうからテレビの音が聞こえてくる。渋谷は月に一、二回この部屋に来ていた。

一人暮らしにしては少し大きい冷蔵庫の、一番上段にはスーパーで買った缶ビールが二種類とレモンチューハイが、六缶セットの紙に入ったまま並んでいる。真ん中の段にはほとんど減っていない味噌とヤクルト。一番下にはポン酢や胡麻ドレッシング、小さい缶のアップルジュースが並んでいる。佐藤は開封済みの紅茶のペットボトルを出した。

水切りカゴから、いつかの結婚式の引出物でもらった揃いの琉球ガラスのグラスを二つ出し、ソファの前の小さなテーブルに置くと紅茶を注いだ。冷たい紅茶でグラスの内側が白く曇った。

佐藤は渋谷の隣に腰掛けた。普段は一人で座っているので、いつもよりこのグレーのソファは沈んでいる。紅茶を飲み、ふーと息を吐いた。渋谷はチノパンに白いシャツ、ネクタイというういつもの服装だった。

「ごめん急に。相談があって来たんだけど、どこかでご飯食べながら話す？」

そう言いながら、渋谷はおそらく早く話したくて仕方がないのだろう、と佐藤は思った。彼はそういうタイプだ。

「いいよ、先で」

テレビでは音楽番組が流れている。二六歳くらいの、最近出てきた女性シンガーソングライターがスタンドマイクを握りながら恋の成就を歌っていた。高い声が伸びるたびに顔がアップになる。佐藤は歌手の口元のホクロが気になった。

「実はね……」

＊

佐藤が渋谷と出会ったのは、大学生の頃だった。佐藤はその頃、北陸・富山の大学で医学生をやっていた。生まれは東京都内で高校時代まで都内で過ごしたが、大学から富山県に移り住んでいた。

ちょうど東京の実家に帰省中、高校時代の同級生で、都内で医学生をやっている女友達の鷹子《たかこ》が声をかけてくれた。鷹子とは高校の弓道部以来の仲良しだった。なんでも、「知り合いのドクターがやる、いろんな面白い人が来るパーティーがあるから」とのことだった。真面目な医学生だった佐藤ははじめ怪しく感じ断ったのだが、大学を卒業してから都内で働くことを考えていたこともあり、東京の医者と知り合いになっていて損はないだろう、という鷹子の説得に負け参加したのだった。

そのパーティーは、広尾の医者のマンションで行われた。夏の、暑い日の夕方だった。白を基調とした石づくりの広いエントランスには大きな花が活けてあり、足元には水が流れている。エントランスからさらにもう一つある自動ドアを開けて入ると、

「お帰りなさいませ」

と白いジャケットの女性コンシェルジュが頭を下げた。まるでホテルのようだった。マンションの共有スペースらしき広い部屋に入ると、すでに四、五人の男女が細いシャンパングラスを手に話している。

佐藤とともに部屋に入った鷹子は、カツカツと高いヒールを鳴らして輪の中に入っていき、主催者の産婦人科医に佐藤を紹介した。私大の医学部生である鷹子の人脈だからか、全体的に派手な人が多いようだった。

鷹子がいろいろな人と話していたので佐藤は一人、注がれた白ワインのグラスを傾けていたが、整形外科医と自称するちょび髭と、研修医が終わってすぐ美容外科クリニックに就職したという赤ら顔の、若い二人組の男が話しかけてきた。

佐藤ははじめのうちは愛想よく振る舞ったが、男たちの話がだんだん嫌になってきて

返事もそこそこに、テーブル上に無造作に開けてあるシャンパンを飲んでいた。飲んだら飲んだで「お酒好きなんですね」やら「このあと六本木で夜景観ながらみんなで飲み直しませんか」などとちょび髭が言う。佐藤は逃げるようにトイレに行った。

手を洗う。

鏡にはほんのり赤くなった自分の顔が映った。少しずつ頭が麻痺していく。先ほどは気づかなかったが、思ったより酔っているようだ。気に入っているブルーのワンピースは、やりすぎだったかもしれない。部屋にまた戻るのは少し面倒だが、あのスカスカな男以外と話をしてみたい気もする。

部屋に戻ると、さっきの男たちは、いま着いたばかりらしい、一見してかなり若い女性と話していた。大学生だろうか。佐藤はそこに戻る気にもなれず、自分のグラスを気づかれないように取ると部屋の端にあるソファに座った。男たちは気づいていないようだった。

座ってグラスに口をつける。二酸化炭素の泡が唇を刺激する。

そうしながら、佐藤は少し距離を取って部屋全体を見ていた。やたら声の大きい、夜なのにサングラスをかけたスーツの男がゲラゲラ笑っている。一人だけ着流し姿の中年の男は、お腹がぽっこりと丸く出っ張っている。すごいミニの黄色いワンピースの女の子はグラスを二つ持って歩き回る。ベージュのスーツ姿の女性は、異様に高いヒールの靴だ。デニムにセーターという地味ないでたちの男もいる。

まるで金魚鉢の中のようだ、と佐藤は思った。金や銀、色鮮やかに着飾った金魚たちが黒い出目金の間を回遊する。うまくタイミングが合えばそこはつがいになる。くるくると回る一五人ほどを見ていると、どうにもやりきれない気持ちになった。

帰りたい、そう鷹子に伝えようと思い佐藤は目を凝らした。どこにもいない。トイレにでも行ったのだろうか。しばらく捜していると、一人の男性が目に留まった。

長身のその男性は佐藤から一番遠いところに立っていた。一八〇センチくらいはあるだろうか。壁にもたれ、グラスを持ってぼんやりしている。グレーのスーツは、高い身長に丈が合っていない。視線はエントランスのほうを向いている。どこを見るでもなく、誰とも目を合わさないようにしているようだ。明らかにここの雰囲気から浮いている。

佐藤はしばらくその男を見ながら、座ってシャンパンを飲み続けていた。時折その男の前を人が通るが、誰にも話しかけない。ただ、あ、すいません、と言って通行の邪魔にならないよう壁にくっつくだけだ。

五分ほど見ていただろうか。結局その間、男は誰とも話さなかった。佐藤も佐藤でずっと一人で座り、男を見ていた。

「もうーしつこいんだから、あの人たち。玲、大丈夫?」

いつの間にか部屋にいた鷹子が、佐藤の隣に座った。

「うん、大丈夫」

「あれ、ちょっと酔ってる?」

「ちょっとね」

気づけば佐藤のグラスは空になっていた。

「実はさ、今日紹介したい人がいるんだ。ちょっと待ってて」

鷹子はそう言うと立ち上がり、するすると金魚鉢の中を泳いで対角線の壁際の男を連れてきた。

佐藤は立ち上がった。

「ね、この人。私の高校時代の家庭教師だった、渋谷先生」

腕を組んでいる。

「で、先生、この子可愛いでしょ。私の高校時代の友達、佐藤玲ちゃん」

はじめまして、と言って佐藤が頭を下げると、渋谷も頭を下げた。

「はじめまして」

「じゃ、あとは二人で話してね」

鷹子はそう言うとすっといなくなった。

そのまま渋谷と佐藤はソファに腰掛けて話した。共通の知り合いである鷹子の話をきっかけに、少しずつ二人は話し始めた。

今日は強引に鷹子に呼ばれたこと。パーティーとは知らずに参加したこと。参加者が医者ばかりで話が合わなかったことなどを渋谷は話した。

そして佐藤は、天文学者という渋谷の職業にも惹かれた。小さい頃何かの本で、「天文学者の夢は、新しい星を発見してそれに最愛の人の名前をつけること」と読んでいたのだ。それについて聞いてみたい気もしたが、初対面では失礼と思いやめておいた。

渋谷は冷静で、理知的で、たった三歳年上とは思えないほどだった。それまでは、医学生とはいえ子供のような同級生の男子たちを見ていたから、佐藤は淡々とした渋谷の話し方に引き込まれていった。

それから数回のデートを経て、二人は付き合うことになったのだ。

富山と東京という遠距離恋愛だったが、月に一度は会うようにしていた。

＊

そうして付き合うようになって、もう一〇年が経っていた。

「実はね……」

佐藤は疲れた体をソファに投げ出したいが、渋谷の真剣な顔を見るとそうもいかない。

「今度、アメリカに行くという話をもらってるんだ」

「アメリカ？」

「うん。ロサンゼルスなんだけど、そこの大学が来ないかって言ってくれてて」

それを言いに、わざわざ平日の夜に家の前で待っていたのか、と佐藤は思った。疲れているからか、私はオペをして帰ってきたのにあなたは自分の話をしに来たのか、とも思う。

「東大《うち》のボスも行ってきたらと言ってるんだ」

「ずっと？」

「いや、二年くらいって」

佐藤は黙り、説明を待った。

「なんでも研究室同士の交流も兼ねて、共同研究をしたいみたいで」

どう返答すればいいのかわからず、佐藤はコップのふちを指でなぞった。

「それで……」

渋谷は紅茶を一口飲んだ。

「……玲ちゃん、俺に付いてきてくれないか」

「……え」

予想外の内容に、佐藤は驚いた。

「アメリカに、付いてきて欲しいんだ。俺と結婚して」

「……えっ？」

佐藤は驚いた。

長い付き合いだが、結婚という言葉を渋谷が口にしたのはこれが初めてのことだった。

「急な話だから困ると思うんだけど、考えてもらえないかな」

なるほど、これを言うためにわざわざ家の前で待っていたのだ。まったく予想外のことに、考えがまとまらないまま言葉が口をついて出た。

「……でも私、仕事がある……」

「うん、わかってるよ。玲ちゃんは仕事、とっても頑張ってるし、応援してる。でもさ、こんな仕事以外なんの時間もないような生活を続ける歳でもないんじゃないのかな」

あらかじめ準備していたかのような言葉が、淀みなく渋谷の口から出てきた。

つけっぱなしのテレビからは、男性五人グループが愛なき時代を歌っている声が流れている。

佐藤は返答に困った。

「このまま外科のお医者さんを続けたって、結婚生活も、そのあとのことだってできないと思うんだけど、どうかな」

「…………」

痛いところをつくな、と思った。確かにいまの生活、つまり平日は朝七時前に家を出て帰るのは夜八時、土日も必ず出勤し、さらに夜中の呼び出しが月に二、三回はあるような生活では、結婚はともかく出産も育児もたぶん不可能だ。正直、そのことには蓋をして、これまであまり考えないようにしてきた。何度かあった考えるタイミングで、佐藤はその都度決定を先送りしてきたのだった。

そして次に耳に飛び込んできた言葉は、佐藤にとって衝撃的なものだった。

「それで、俺は玲ちゃんに仕事を辞めて家庭に入って欲しいと思ってるんだ、いずれは」

佐藤は声が出なかった。

仕事を辞めて家庭に入って欲しい。

その言葉が、お腹にコンクリートブロックを入れたようにずしんと乗っかった。

「あ、もちろん、いずれは、だよ」

渋谷は慌ててそう付け加えた。

顔色の変わってしまった佐藤は、まだ何も言えない。何か言わなければ、と思いいくつもの言葉が頭に浮かぶ。わかった、大丈夫、ありがとう、本当に？ 冗談だよね？……。

が、どれ一つとして自分の気持ちを代弁するものではない。

いや、そもそもまったく想定外すぎて、自分が何を思っているのかをまだわかっていないのだ。

とはいえ、この場で黙りこくるのは良くない。なぜかはわからないけれど、良くない。佐藤は焦った。

そして実のところ、まったくの想定外だったかと言えば、そうでもない。佐藤は、これまでの長い付き合いの中で渋谷の実家の話を聞いていた。

あれは梅雨の明けたばかりの初夏の夜、東京の夜景を観ながら食事をしていたときのことだ。

「父が外で戦い、母は家を守るっていう家庭で育ってきたからかな。考え方は古臭いけど、男と女がそれでいいと思うのであれば、家庭運営のシステムとしては理想的なんじゃないか」

渋谷の父はやはり東大を出た外交官で、お嬢様育ちの母は当然のように専業主婦だった。絵に描いたような、これまでの日本の幸せな一家だ。

そのときは、まあそういう考えもあるな、渋谷の育ちからすればそう思うのも自然だ、と思ったものだ。ただ、渋谷は自分の頭でものごとを考えて決めるタイプだから、それをそのまま自分の人生に適用するとは思いもしなかった。


「ちょっと考えさせて」

ようやく絞り出せたのは、こんな言葉だった。

渋谷は、ごめんね急に、と言うと立ち上がった。

「え……」

「ごめん、それだけ伝えたくて」

玄関へと向かっていく。

「あの……」

「帰るわ」

靴を履いている渋谷に、何か言いたいと思った。何か、彼の気を慰めるような言葉を。そう考えているが、言葉は出ない。

「それじゃ」

渋谷はあっさりと出ていった。長居をしづらかったのだろうか。ばたんとドアが閉まる音で、佐藤は現実に戻ってきたような気がした。

部屋に戻ると、テレビでは女性がゆっくりと南国の島の民謡を歌っていた。佐藤はソファに座り直した。


外科医を辞める。

外科医になって初めて、そんなことを考えた。この仕事に就いてからの八年間、私生活はほぼすべて犠牲にして働いてきたつもりだ。いや、犠牲にしたなんて感覚は自分にはない。ただ、持っている時間のすべてを外科医としての腕を上げるために使ってきた。

それだけだ。

　外科医を辞める。

　この言葉は、これまでの自分の人生を否定することのように思えた。

　でも、先ほど渋谷が言った言葉が引っかかる。

「このまま外科のお医者さんを続けたって、結婚生活も、そのあとのことだってできないと思うんだけど、どうかな」

　大学時代の友人や、同じ牛ノ町病院の他の科の女医がどんどん結婚・出産していくのは見ていた。しかし、幸い渋谷という恋人はいるし、プロポーズはされていないし、そんなことより手術に一件入るごとに腕が上達していくことが楽しくて仕方なかった。

　楽しいなどという言葉もそぐわない。これが自分の人生だ、と感じていた。銀行口座から引き落とされる家賃のようにきちんとやってくる毎月の生理とそれに伴う腹痛や倦怠感も、手術の妨げになるから鬱陶しいと思っていただけだった。

　先送りにしてきたツケがいま、一気に来ている。佐藤はそう思った。

　とはいえ、外科医を辞めるということは想像ができなかった。佐藤にとってそれは、自分の人生に幕を下ろすのと大差なかったのだった。

佐藤はソファにごろんと横になった。横向きに見えるテレビでは若い男性の演歌歌手が「大丈夫」と連呼していた。

＊

不意に携帯電話が鳴った。佐藤は横になったまま、すぐに出た。

「もしもし、すみません夜遅くに失礼します。雨野ですが……」

「ん、どしたの」

佐藤は頭を切り替えた。この時間だと、救急外来に何か来たか、それとも入院患者か……。

「……実は、憩室炎の柏原さん、夜に隠れて寿司を食べたらしく……」

「…………」

きちんと指導していなかったのだろうか。しかしあの患者はたしか議員だった。勝手なことをしそうな雰囲気はある。

「腹痛が強くていまCTを撮ったら、フリーエアーがありまして……穿孔《あいてる》かと……」

「……え？　ちょっと待って」

佐藤は起き上がると、手ぐしで髪を二回整えた。

「なに、フリーエアー？　開いちゃった？」

「ええ……」

雨野が言うなら間違いないだろう。これから手術になる。

「……わかった、すぐ行く。バイタル大丈夫？」

「はい、バイタルは……大丈夫です」

「うん、それじゃ家族呼んで麻酔科とか手術室とかもろもろ準備しといて。一五分で行く」

「わかりました」

佐藤はソファから起き上がると、鏡を一瞬見た。鏡には少し疲れた自分が映っている。一瞬、自分と目が合う。鏡の中の自分は、何も語りかけてこない。

帰ってきてそのままテーブルに置いてあったハンドバッグを持つと、急いで玄関から飛び出した。

＊

ポッポッポッポッ……

手術室からモニター音が聞こえる、ひんやりとした手術室の廊下で、佐藤は手洗いをしていた。

病院に着いてすぐ診察した柏原は、まだ腸が穿孔して時間が経っていないのだろう、それほど状態は悪くなかった。柏原のように大腸の憩室に穴が開いた患者の手術を、佐藤はずいぶんたくさんやってきた。一〇、いや二〇以上はあるかもしれない。しかしそのほとんどが女性の患者で、さらにほとんどは八〇歳を超えるような高齢だった。だから柏原のような比較的若い患者は珍しい。それだけに、ただの憩室の穿孔ではないのではないか、と佐藤は考えていた。

憩室炎があり、禁じられていた食事をとったその夜から腹痛とフリーエアーがあった。それだけ考えれば、憩室に穴が開いたというストーリーだけでいいのだが。

癌の穿孔。魚骨の穿孔。あるいは何か別の原因。

いろいろな可能性を考えながら、佐藤は手を洗う。もう何千回も同じ手順で洗っているから、頭では別のことを考えながらかなりのハイスピードで洗うことができた。

そして佐藤は考え続けた。二人の後輩外科医にこの手術をどれくらい任せられるだろうか。雨野にどれくらいできるだろうか。確か憩室穿孔の執刀は何度かしているはずだ。最近の大腸癌の手術を見ていても、かなり手技《しゅぎ》は安定してきた。糸を結ぶ「結紮《けっさつ》」も、層と層を剝《は》がしていく「剝離《はくり》」という操作も、重要な血管の処理も。

基本的には雨野にやらせようと佐藤は決めた。西桜寺はまだ外科を始めたばかりだが、腹を開けるところまではやらせようと思った。そうやって自分も育ってきた。


患者の腹の消毒を終えたらしい隆治と凜子が、手術室を出て手洗い場に来た。

「よろしくお願いしますぅ」

凜子の緊張感のない声。一瞬佐藤は無視しようかと思ったが、深夜に呼び出されてきて頑張っているのだと思い直し、

「お、よろしく。偉いね、こんな遅い時間に研修医が」

と言った。

凜子は笑っている。

隆治はいつもながら真剣な顔で手洗いをしている。何を考えているのか知らないが、もう少し肩の力を抜いてもいいのだけど、と佐藤はいつも隆治の手洗いを見るたびに思うのだった。

手を洗い終えてから、佐藤は青い「覆《おお》い布《ふ》」を患者にかけた。

「電気メスね」

いつものように淡々と準備を進める。

「外回り」と「器械出し」の看護師は若手だが、比較的能力は高い。これならこの手術も安心だ。

「じゃ、西桜寺、こっち。じゃあメスね。渡してあげて」

看護師がメスを凜子に渡した。さて、どこまでできるだろうか。

「開腹だけ、やってみ。できるところまでね」

「は、はい！」

凜子は上ずった声を出した。

「それじゃよろしくー」佐藤が言うと、「よろしくお願いします」「お願いしまーす」と皆が口々に言った。

「あ、ちょっと！　切りすぎ！」

「ハイ、じゃ次は電気メスを持って……」

「ちょっと！　速いよ！　しかも深い！」

凛子は明らかに大胆すぎるタイプだ。いろいろな若手医師に開腹をやらせたが、だいたいの場合女性医師のほうが大胆に切っていく。

それでも、手順と切る部分はきちんと頭に入っているようだった。皮膚、真皮をメスで切り、電気メスに持ち替えて皮下脂肪を切る。途中出血したらすぐに電気メスで焼いて止血する。切り進めて左右の腹直筋の間の白線《リニアアルバ》を切る。そうして腹膜前脂肪織《プレペリ》を切り、腹膜をつまんでメスで切る。こういう一連の動きができなければ、きれいに開腹をすることはできない。

それから佐藤は執刀医のポジションを隆治に代え、執刀させた。後輩に執刀させるときは普通、自分が執刀するより遥かに集中力を必要とする。しかし、隆治が執刀するときは、自分が執刀《や》するときの二倍くらいの集中力で済んだ。隆治は慎重で、わからないところは絶対に切っていかないタイプだったし、一度言えばすぐに次に反映させる能力を持っていたからだった。

途中何度か手を出したが、ほぼ隆治は指示どおりに執刀できていた。思えばずいぶん成長したものだ、これなら、あと二年もすれば一人でいろいろと執刀ができるようになるだろう。

とても器用とは言えなかった研修医の頃を思い出す。佐藤が気になったのは、少し丁寧すぎるがゆえに時間がかかることと、肩の力が入りすぎていることくらいだった。

＊

手術が終わり、佐藤はひとり手術室を出た。女性用の更衣室で着替える。下着姿になったところで、自分のお腹が鏡に映った。どうも最近痩せてきた気がする、と佐藤は思った。そういえば、今日も夕食を食べるのを忘れていた。

なんで今日は食べなかったんだっけ、と佐藤は思った。

服を着ながら、渋谷が家に来たことをようやく思い出した。あれほど大切なことを言われたのに、すっかり忘れていた自分がなんだかおかしくて、思わず笑みが浮かんだ。

佐藤が集中治療室《ICU》に行くと、時計は午前三時を少し回っていた。

「どう?」

「はい。バイタルはまあ落ち着いていますね」

隆治の返事を聞きながらモニターを見る。一瞬で血圧や脈拍を見、また腹から出ている管と尿の管の色を確認した。佐藤ぐらいになると、一〇秒もかからずざっと全身の状態を把握することができる。

「そうだね。じゃあ今日はこのまま様子を見よう。もろもろ指示、した？」

「これからです」

「うん、じゃあよろしく。ま、汎発性腹膜炎《パンペリ》になってからそんなに時間経ってないから大丈夫そうだけど。今日は泊まるから、なんかあったら電話《コール》して」

あとは雨野にまかせて大丈夫だ、と佐藤は思った。それだけ言って、ちらと凜子を見ると佐藤は集中治療室を出た。

女性医師用の仮眠室へ行くと、佐藤は羽織っていた白衣を脱いだ。

あの患者はまあ助かるだろう。さて、いい加減疲れてきたが、明日はまた朝から手術だ。少し休まなければ。

バタンとベッドに倒れると、佐藤はすぐ眠りに落ちた。

＊

翌朝、佐藤は仮眠室で六時に目覚めた。二時間ちょっとは寝ただろうか。どれほど疲れていてもこの時間に目覚めるのは、もう何年も同じ生活をしているからだった。体は重い。しかしすぐにスイッチが入っていく。今日はまた手術の執刀があるのだ。

ちらっと集中治療室で柏原を見、問題がないことを確認した。腹から四本出ている管《ドレーン》の中は、すべて漿液性《シーラス》できれいな液体で満たされていた。電子カルテを開くと、すでに隆治が記載したカルテがあった。

軽く病棟の患者を回り、外科のカンファレンスへ行った。会議では隆治のそつないプレゼンテーションがあり、部長のツッコミはあったものの無事に終わった。

その日、佐藤は九時から「腹腔鏡下マイルズ手術」を執刀した。

不思議と眠気はなかった。昔からそうなのだが、前日どれだけ寝ていなくても佐藤はそれほど翌日にダメージを残さない。それは若さゆえか、もともとの体力かはわからない。手術は無心で執刀し、佐藤としてはかなり満足のいく内容だった。ほぼ完璧とも思えた。

しかし若手の二人は眠そうだった。隆治はマスクの下で何度もあくびをしていた。気づかれていないと思っているようだったが、佐藤は気づいていた。凜子も頑張って気を張ってはいたが、途中ガクッと二度ほど寝たようだった。研修医が手術中に寝ることはよくあるので、佐藤は気にしなかった。

しかし、腹を閉じ終わり、手術の最後に皮膚を二人に縫わせて自分は糸を切るハサミ《クーパー》を持つところになると、急に眠気に襲われた。まるで全身から湯気が立って生気が抜けていき、徐々にしおれていく。そんな錯覚にとらわれた。凜子の縫うスピードは隆治とさほど変わらない。二人の持針器《じしんき》がくるくると回る。細く青いモノフィラメントの糸が緩み、たわみ、伸びて跳ねる。それを見ていると一気に眠くなるのだった。

「先生」

「あ、ごめん」

糸を切るタイミングになっても佐藤はぼうっとしていた。

自分ほどうまくはない二人の皮膚縫いを見ていて、ふと佐藤は渋谷の顔を思い出した。きりっとした目元に太めで整った眉、つんと尖った鼻。年齢の割に綺麗な肌。アメリカに行くと彼は言っていた。アメリカへ行って、彼はまた研究者としてステップアップするのだろうか。天文学者のキャリアはよくわからない。

アメリカには何年いるのだろう。付いていったら、私は何をするのだろう。

外科医を辞めたら、私は何になるんだろう。そこまで彼は私の人生を考えているのだろうか。いまは、私の仕事を優先して負担のない付き合いをしてくれている渋谷。外科医の仕事の話を聞いては、「すごいよ、俺には一生できない」と尊敬してくれる渋谷。

一度だけ行ったことがある彼の家で会った母は、専業主婦らしい角のない人だった。ニコニコして、何も主義主張を持たない、汚れ一つないエプロンの似合う貴婦人。いや、本当は持っているのかもしれないが、少なくとも持っていないように見せるプロだった。いいタイミングでお茶を出し、やはりいいタイミングでケーキを出す。あの細い金縁の眼鏡の奥では、何を考えているのだろう。

佐藤はパチンと糸を切る。

しかし、こんな生活をいつまで続けるんだろう、とも佐藤は思う。忙しいなんてものではない病院中心の生活だが、いい加減嫌になってきたと思うことはまずない。それでも、あと数年以内に思うのかもしれない。それほど悩まず「カッコいいから」というだけで決めた外科医という人生は、女の人生とは相容れないんだろうか。もし相容れないんだとしたら、私は女なのか、外科医なのか。どちらなんだろう。

これまで指導されて手術をしてきた患者さんはどう思うのだろう。せっかく手術をされてやったのに、辞めるのかよ、辞めるなら最初から辞めとけよ、と思うのだろうか。

また、隆治の縫った糸をパチンと切った。

私はそもそも彼のことをどれくらい好きなんだろうか。出血量とか、管《ドレーン》の排液量みたいに数字にできないか。数字にしたら、外科を好きな気持ちとどちらが大きいんだろうか。いまどき、仕事と恋愛を天秤にかけているようで馬鹿らしいと思う。でも、そうせざるを得ないのは、私が生理のある妊娠可能年齢の女性だからだ。とはいえ、生理があるというだけで、そもそも妊娠・分娩できるかどうかもわからない。学生の頃の産婦人科で嫌というほど学んだし、実際に研修医で産婦人科を回ったとき死産の患者も見てきた。相手が無精子症ということだってあるだろう。

佐藤の頭はこんがらがってきた。昨日の深夜までの手術のせいか、渋谷のせいかはわからない。まるで人々が行き交うスクランブル交差点を交通整理させられているような気がして、うんざりしてきた。

ともかく、目の前の患者に集中しよう。

佐藤は惑うたびにそうしてきた。そうすれば、たいていの悩みという悩みは春風のようにすっと佐藤をすり抜けていったのだ。

凜子の縫った糸を切り、手術は終わった。

「ありがとうございました」

ずいぶん暖かくなったその週末は三月の最後の土曜日で、春というよりはもう初夏の陽気だった。

＊

佐藤は高校時代からの友人の鷹子と、銀座の中華料理店でランチをしていた。銀座の中央通りから二本ほど路地を入ったところにあるその店はちょっとした高級店で、銀座以外にもニューヨークや上海に店舗があった。

二人は三〇〇〇円のランチコースを食べながら、白ワインを飲んでいた。鷹子の席の隣にはベビーカーがあり、二歳になる息子がよく眠っていた。

鷹子と会うのは半年振りだった。大学は違うとはいえ同じ医学部だったし、卒業して医者になってからも定期的に会っていた。

「……だからさ、厚生労働省がおかしいのよ。ワクチンを積極的に勧めないなんてアホな政策やってるから、現場の私たちが困ってるわけ」

鷹子は産婦人科医で、子宮頸癌の若い女性患者を看取った話をしていた。

「ワクチンを半強制的にでも打たせないと、この国の若い女性はどんどん子宮頸癌で死んでいくわ。いまどきどこの国だってＨＰＶワクチンなんか当たり前に打ってるのに」

「ふーん」

外科医の佐藤には、いまいちその切実さは伝わらない。

「でも患者さんが若いってのは辛いね」

「そうよ。死ななくたって、早期の頸癌で円錐切除《エンセツ》したら不妊になりやすいんだから」

「そうなの？　知らなかった」

佐藤は鷹子の子供を見た。よく寝ている。鷹子は久しぶりに外でランチをするらしく、ワインをすでに二杯飲んでいた。もともと酒好きの二人だから、最初からボトルでワインを頼んでいたのだ。

フカヒレのスープを飲みながら、佐藤は「不妊」という単語が引っかかっていた。

「……そういえば、最近カレシとはどう？」

「うん、まあ」

紹介したのは鷹子だから当然と言えば当然だが、渋谷の話題になった。

「まさか結婚とか申し込まれてないよね？」

鷹子は鋭い。そして回りくどい言い方をしない。

「……うん」

「え？」

「…………」

「プロポーズされたの？」

鷹子はグラスを置いてテーブルに前のめりになった。真剣な顔だ。

「……実は」

「あらそ、良かったじゃん。じゃあ、おめでと、だね。えー」

鷹子は嬉しそうにグラスを高く上げた。

「……いや、それがちょっと困ってて」

佐藤もつられてグラスを上げつつ、話した。

「実は、プロポーズだけじゃなくて、結婚してアメリカに付いてきてって言われてるんだ」

「アメリカ？」

「うん。なんかアメリカの大学の研究室に行くらしい」

「あの人、天文学だったっけ？　そういうの、あるの？」

「わからない。でもそうらしくて、私には、仕事辞めて付いてきてって」

「えっ！　仕事辞めるってあんた……」

「うん」

「それで?」

「………」

「……OKしたの?」

「いや、まだ返事してないんだ」

ウェイターが水を注ぎにやってきたので、二人は話を中断した。

よく晴れた日だったからか、店内は混雑していた。とはいえ高級店だから、静かな雰囲気だった。子供連れは鷹子だけのようだ。

ウェイターがいなくなると、佐藤は再び話し始めた。

「ここのところ、悩んじゃって。手術《オペ》が忙しかったのもあるんだけど、全然わからないんだ。どうするか」

「わからないって……そりゃ、わからないでしょ。そんな急に言われても。こっちは学生から合わせて一〇年以上医学やってるんだから。何言ってるのかしら」

「うん」

「でも」

ワインを一口飲んで鷹子は続けた。

「玲は、辞めてもいいなって思ってる？　外科」

「うーん。正直、辞めたところが想像つかない」

「そうよね。私もね、お産と育児で仕事休んでみてわかったけど、早く仕事戻りたいって思ってた。育児だけで私の人生は終わるんじゃないんだって」

「うん……」

そのときウェイターが料理を持ってきた。

「麻婆豆腐になります」

花椒の香りがテーブルを包む。湯気の立つ麻婆豆腐。

「でもさ……あ、食べながらね」

「ありがと」

佐藤はスプーンで一口、麻婆豆腐を食べた。熱い豆腐と辛味が口に広がる。

鷹子はちらっと子供を見ると、麻婆豆腐を食べ始めた。

「辛いね。でも、美味しい」

「うん、この花椒の辛いのが好きなのよね。これ、白ワインに意外と合うはず。なんて、飲みすぎ？」

鷹子は笑った。

「でもさ、結婚するってことは、その次には妊娠とか出産があるじゃない」

「うん」

佐藤はなんとなく聞きたくない話題だ、と思ったが、鷹子は続けた。

「産婦人科医やってるとさぁ、いろいろ見るのよ。妊婦さん一人救急車で運ばれてきて、父親には迷惑かけたくないから連絡しませんって言う人とか、こないだなんか、早産で生まれた子供の先天異常が見つかったらお父さん急に来なくなっちゃって」

「それ、どうなったの？」

「お父さん、籍は入れてなかったらしくって、そのままどっか行っちゃったんだって」

佐藤は、学生の頃の産婦人科実習で、先天的な奇形のある子を産んだ母を診たことを思い出した。あの子の父親はどうなったんだろう。

「私たちもまあ三三歳じゃない。割と微妙な年齢よね。年齢が上がっていくにつれて染色体異常なんか増えていくし、産むときのリスクだって違うし。あんたにはこういう話はあんまりしたくないんだけど、でも産婦人科医やってると、まあ子供は早めにってのは思うわよ」

佐藤はどう返事していいかわからず、白ワインのグラスに口をつけた。

「でも、お産と育児だけが女の人生ってのも私は嫌よ。この時代、そんなのありえない。

ましてや私たちは医者っていうプロフェッショナルじゃない。プロがそんな理由で仕事を辞めたらダメよね」

　ごめん一方的に話して、と言い、鷹子は黙って食べ始めた。

「いまは鷹子は時短なんだっけ？」

「そう、時短っていうか週三日だけ出させてもらってる。当直なしで。だから給料なんて冗談みたいに安いわよ」

　でも、と続けた。

「子供がもう少し大きくなったら、またフルタイムでやりたいなって気持ちはあるわよ。産婦人科《ギネ》にはそういうロールモデルの先輩もけっこういるしね」

「旦那さんは忙しいの？」

　鷹子の夫は、いくつか歳上の産婦人科医だったはずだ。

「まあまあね。当直も月六回くらいだから、まあ普通よ」

　しばらく二人は黙って食べた。

　佐藤は鷹子の子供を見た。さっきからずっと眠っている。

「いい子ね」

「そうなの、一旦寝ると火事でも地震でも起きないわよ」

「……かわいい?」

「ん、ま、そりゃね」

そう言ったときの鷹子の表情を、佐藤は見逃さなかった。照れてはいたし佐藤に遠慮はしていたが、慈しみに満ちた、深い優しさの顔だった。佐藤は、鷹子の顔を見て、どういうわけか「青い色」が頭に浮かんだ。深いブルー。あれはなんの色だったか……。子供の頃、親と一緒に行った鎌倉の海水浴場の海……その海の色だったような……。

その瞬間、佐藤はいま話していることがすべて無駄なような気がした。もう答えは決まっているのだ。自分のしたいことは、わかっていたのだ。あとは、それを言う勇気がないだけ。ボタンを押すのが、嫌なだけだ。

そのことに気づくと、急に佐藤は優しい気持ちになった。

「でもさ、アメリカ行ってる間だけ中断して、日本に戻ったらまた外科やるってのもいいんじゃない?」

「そうね」

そう返事をしながらも、もはや鷹子の言葉は頭に入ってこない。

それからまた関係ない話を二、三して、二人は別れた。

帰り道、地下鉄の入り口まで鷹子を見送った佐藤は、歩いて有楽町駅前の大きな本屋に入った。

最近出た手術関係の医学書で、わかりやすいものがあるという噂を聞いていたので探しに来たのだ。

本屋の中にはたくさんの人がいた。どの人も、とても悩んでいるように見え、まるで悩んでいないようにも見えた。なんとなく医学書コーナーに直行したくなくて、佐藤はブラブラと店内を歩いた。ほろ酔いの気分で、適当に本を手に取って開いたり、雑誌を見たりする。こんなにゆっくりする時間は、一週間のうちこの数時間だけだった。

そうして好きに歩きながら、鷹子が最後に言った「アメリカ行ってる間だけ中断して、日本に戻ったらまた外科やる」という言葉を思い出した。悩んでいる自分がだんだん馬鹿らしくなってくる。

店内を歩くのにも飽きて、二階の医学書コーナーに行くと、見覚えのある後ろ姿があった。隆治だった。隣には女性がいて、何やら本を見ながら話している。彼女だろうか。楽しそうに笑っている。

佐藤は、二人に気づかれないようにそっと階下に下りた。

書店を出ると、佐藤は携帯電話を見た。するとメールが来ていた。渋谷からだった。

[来月、また会えるかな?]

佐藤は携帯電話をバッグにしまうと、銀座の街を歩き出した。

Part 4　レントゲン

「おはようございます」

「おはよ」

　四月に入った。隆治は凜子と一緒に毎朝病棟を回診するようになった。基本的には朝七時からだが、凜子はそれより早く病院に来て患者の状態を把握している。隆治が七時でいいと何度言っても、それより早く来るので隆治はもう言わなくなっていた。

　毎朝、外科病棟で二人の一日が始まる。

　凜子は研修医のときもそうだったが、相変わらず仕事を覚えるのが早い。もともとの能力なのだろう。毎朝あっという間に患者全員分のカルテを書き、内服薬と点滴のオーダーをする。採血やレントゲンといった小さな検査は、隆治に一言相談してからオーダーし、出ている結果はどんどんチェックしていく。

回診が終わったら、ナースステーションで二人並んで座りながら、電子カルテをパタパタと叩くのが日課だ。

いままで一人でやっていた仕事を、凜子が八割方やってくれるようになったので隆治は余裕が出ていた。

「柏原さん、もう退院ですね」

「うん、今週末くらいかな？」

先月、大腸の憩室が穿孔し緊急手術をした柏原は、手術後は集中治療室に入ったが、早めの手術のおかげで経過が良かった。

「あの人、退院処方で痛み止め欲しいって言いそうですよねえ。私、ちょっとお薬のご希望聞いてきますぅ」

「うん、お願い」

凜子はナースステーションから出て、柏原の部屋に行った。

「おはようございますぅ。柏原さぁん」

「ああ、おはよう」

眼鏡をかけ新聞を読んでいた柏原は凜子に目をやった。

「もうすぐ退院ですねー。良かった、お元気になられて」

「いや、まったく。見習いの君たちのおかげだ」

機嫌も上々だ。

「見習いじゃないですよぉ。私はこないだまで研修医だったから見習いみたいなもんですけど」

それには返事をせず、柏原は続けた。

「君らの名前、覚えとかなければいかんな。名前、教えてもらえるか？」

入院してもうすぐ一カ月だというのに、柏原は隆治と凜子の名前も覚えていなかった。

「はぁい。西桜寺凜子と申しますぅ。いつも一緒に来てるのは、雨野先生ですぅ」

ふむふむ、と言い柏原は黒い手帳にメモをした。

「サイオウジ、はどういう字かね？」

「ええとぉ、『にし』に『さくら』に『お寺』の『寺』ですぅ」

「ほほぅ、そりゃまた珍しい……」

ん？　と柏原は眉をひそめた。

「……まさか、とは思うが、君のお父さんは区長だった西桜寺先生、ではないね？」

「ご存知ですかぁ、そうです、私の父ですぅ。あっそうか、柏原さん、議員さんだからやっぱりご存知ですかぁ」

「ななんと！」

　ベッドにいた柏原はぱっと下りて立ち上がると、突然、直角に頭を下げた。

「西桜寺先生のご令嬢とはつゆ知らず！　とんだご無礼を……」

　そう言いながら腰を折って何度も頭を下げている。

「申し訳ありませんでした！」

「えぇー、やめてください。そんな、私は関係ありませんから」

「いいえ、西桜寺先生にはいつも大変お世話になっております！　いや、こんなところでお嬢様にお会いできるとは光栄にございます！」

　そう言って頭を上げない。

「もうー、やめてください……」

　そこへ、コンコンとドアをノックする音とともに隆治が入ってきた。

「失礼します……って、あれっ？　どうしたんですか？」

　見ると柏原が凛子に深々と頭を下げている。土下座でもしそうな勢いだ。

　――なんだこれ……。まさかセクハラでもされて謝られてるのか？

「あ、先生、いまお話ししていたところなんですぅ。柏原さん、私の父をご存知だったのでぇ」

「え？　あ、あー！　そうか、議員さんだから……」

柏原は顔を上げると隆治を見てもう一度頭を下げた。

「いや、これはこれは、先生、おはようございます！」

「あ、え、おはようございます」

「この度は大変お世話になりまして、誠にありがたく……」

またペコペコと頭を下げている。

「柏原さん、その分だと、お腹の痛み止めはもう大丈夫そうですねぇ」

うふふ、と凜子が笑った。

「創《きず》は大丈夫ですか」

柏原は頭を上げると答えた。

「はっ、どうやらもう痛みはないようでございます！　お気遣いいただき、ありがとうございます！」

——お気遣いいって。

隆治は凜子と顔を見合わせると、

「それじゃ、週末くらいに退院になると思いますので。失礼します」

「ははっ！　ありがとうございます！　のちほど、秘書より御礼を送らせていただきますので、先生方のご住所をお伺いしてもよろしいでしょうか！」

「なにを言ってるんですかぁ、御礼なんていりませんよぉ」

「いえ、それでは私の気が収まりませぬ。お父上の西桜寺先生にくれぐれもよろしくお伝え願えれば幸いに……」

「もちろんですぅ。パパに伝えておきますね！」

「何卒、どうぞよろしくお願い申し上げます！」

「それじゃあ失礼しますぅ」

そう言って部屋を出た。ドアが閉まるまで、柏原はずっと頭を下げていた。

部屋を出てドアが閉まった瞬間、二人はもう一度顔を見合わせて吹き出した。

「ちょっと、なんなの」

「私もよくわからないですぅ。なんかでも、父の世話になってるみたいなこと言ってました―」

「いや、これまで『先生』なんて一度も言わなかったのにね。『君』が急に『先生』になるんだから。先生のお父さん、すごい人なんだね」

「いや、ただ区長を長くやってただけですからぁ」

隆治にとって政治家の世界は想像もつかない。が、あの柏原の態度を見るに、きっと上下関係が厳しい世界なんだろう。

「それで、どう伝えるの、『パパ』には」

「えぇー、そのまんまどんな方だったかをきっちりとお伝えしますぅ」

「それがいいね」

二人は笑いながら、ナースステーションへと向かった。

*

その日の夜、隆治は仕事を終えて医局に戻った。早めに終わったので、時計はまだ七時前を指していた。

デスクに座ると、ノートパソコンを開いて起動しつつ、今日の手術中に岩井に言われた言葉を思い出していた。

「前に言ったと思うけど、七月にある学会の準備を進めろ。抄録《しょうろく》は作って提出しといたからな。ま、解析やらスライド作りやら、勉強だと思ってやってみな」

医者の多くは毎年、学会に参加する。学会とは、外科なら外科、眼科なら眼科の同じ専門の医師が日本中（ときには世界中）から一カ所に集まり、多数設定されたテーマで議論を交わすのだ。大きさは学会によってさまざまで、五〇〇人程度の集まりのものから、三万人を超えるような大きなものまである。隆治は外科学会という学会を含め、消化器外科学会、内視鏡外科学会、消化器病学会、などいくつかの学会に所属していた。医師になって三年目の頃、岩井と佐藤に言われるがままに加入したのだった。

そのうちの一つ、消化器外科学会で発表をするように隆治は言われていた。これは消化器外科の医師を対象にしたものの中では、一番大きな学会だった。胃や腸、肝臓などの手術を専門とする、日本中の消化器外科医が参加する。

学会では発表する者もしない者もいて、自由である。隆治はこれまで二回学会に参加していたが、まだ発表したことはなかった。上司の佐藤や岩井の発表を聞くだけだった。

パソコンを開くと、隆治は習慣になってきたフェイスブックを開いた。メッセージが一件来ている。葵からだった。

［やほー、元気してる？　私、いまどこいると思う？　タイだよ！　象に乗ったり、遊んでまーす］

添付された写真には、民族衣装のような赤と黄色の服に包まれた葵が大きな象の上に乗って写っていた。

——元気そうだな。しかしタイなんて、よく主治医の許可下りたな。

隆治はフェイスブックを閉じると、岩井から受け取ったエクセルファイルを開いた。三〇〇人ほどの患者の、名前や生年月日を除いた細かいデータが羅列されている。

隆治がまずはじめにやれと言われていたのが、この患者データをまとめて表にすることだった。参考にと、一緒に渡されていた岩井の過去の発表スライドをパワーポイントで開く。年齢の分布や性別、身長・体重、癌の深達度やリンパ節転移の程度など一五項目ほどが、一つの表になっている。どうやらはじめに、まずこれを作るところからやるようだ。

しかし隆治はエクセルを使ったことがほとんどない。思い出せば、大学一年生の頃に講義で少し習った程度だ。もはやほとんどの機能を忘れていた。

少しずつ試しながらやっていく。一〇〇個以上はありそうなボタンを、一つずつクリックしながら機能を確かめる。

——これは……きつい……。

患者さんの話を聞くのとも、救急外来で重症患者を診るのとも、そして手術の細かい手技ともまるで違う能力が求められる。隆治はイライラしながら続けた。

——ええと、ここからここまで指定して……。

隆治はマウスを動かす手がつりそうになった。手術とも、日常生活ともまったく違う動作だった。そして、二時間ずっと集中して画面にかかりきりになったが、表の一つ目の項目である「年齢の中央値」さえ出すことができなかった。

——中央値？　平均とは違うものなのか？　なんで平均じゃいけないんだ？

隆治には、かなり初歩的なこともまったくわからない。

いい加減、目がチカチカしてきた隆治は、椅子から立ち上がり伸びをした。壁にかかった時計は九時前を示していた。

「お、アメちゃんお疲れ。どしたの、疲れた顔して」

後ろから声をかけてきたのは、同期の川村だった。ベージュのスプリングコートの襟を立てて、これから帰るところという雰囲気だ。

「おっ、やってるねぇ」

川村は、隆治のパソコンを覗き込んだ。

「うん。それが全然わかんなくてさ」

「なに、学会発表？」

「そ。七月なんだけど、抄録は岩井先生が出してくれてて、発表《プレゼン》の準備しとけって」

隆治はもう一度伸びをした。

「へー、抄録作ってくれてるんならもう終わりじゃん。なんか苦戦してるの？」

川村は余裕そうだ。

「もしかして、川村って発表したことある？」

「ん、あるよ。耳鼻科の学会だけど」

――いつの間に……。

「でも国際学会のときは英語の質問が全然わかんなくてさ、上司が答えてくれたけど恥かいたよ」

ははは と笑ったが、隆治は驚いた。

「えっ、国際学会でも発表したの？」

「うん。まあ一回だけだけど」

――マジか……。

「え、じゃあさ、ちょっと聞いてもいい？　てか、もう帰る？」

「……んー、帰ろうと思ってたけど、いいよ。でも飲み屋でやってもいいよ」

そう言うと川村は笑った。

「飲み屋……できるかな……でもパソコン持っていけば……」

「ごめんごめん、冗談冗談！　相変わらず真面目だねアメちゃんは」

――なんだ、冗談か……。

「でも俺にわかることならなんでもどうぞ」

教える、とは言わなかった川村の優しさに隆治は気づいた。同期から教わるというのは、なんとなく負けた気がして悔しいのだ。

「さっそくなんだけど、これ」

隣の医師の椅子を寄せて川村に座らせると、隆治も自分の椅子に座り直した。

「ここさ、年齢の中央値を出したいんだけど、やり方がさ」

「……ふんふん。ちょい待ってて、これは関数ですぐ出るよ」

川村はキーボードを操作し［=MEDIAN()］と入力すると、すぐに値を出した。

「え、こんな簡単なの？」

「うん。一回やれば毎回同じだよ、この手の学会発表は」

「そうか……」

これまで面倒そうだなと思い、発表をしてこなかったツケがいま来ているのだ。

「これってさ」

「ん？」

川村の顔が隆治のほうを向く。長いまつ毛にすっきりと通った鼻筋が、都会的な雰囲気をいっそう醸している。

「……もしかして、平均値と中央値って、どう違うとか、聞いちゃったりしても……」

歯切れの悪い隆治の言葉に、川村はさっと答えた。

「え、簡単だよ。平均値は、五人いたらその年齢を全部足して五で割るだけ。中央値は、若いほうから数えて三人目の年齢ってだけ」

ふーん、と隆治は言いながらも、あまり納得がいかない。それを見抜いてか、川村は続けた。

「で、どちらの数字も、『この集団はこういう人たちですよ』って言いたいだけなんだよ」

「うん」

「若い人たちなのか、九〇歳超えの人ばかりなのか。だけど、平均値は、若い人たちばかりのところに一人だけ一〇〇歳のおじいちゃんがいたら大きく上がる。でも中央値なら、若い順に三人目だから影響はほとんどない。アメちゃんのデータはぱっと見、癌の患者さんでしょ？　だったら中央値でいいんじゃない。メインは五〇～七〇代だろうけど、たまに若い人いるだろうし」

——若い癌患者……。いる。

「そうか。ありがと、だいぶ理解した」

「うん、それで他のパラメータもどんどん関数使って出すだけだよ、面倒だけどな」

「やってみるわ。ありがとう」

川村は立ち上がると、うん、またなんでも聞いて、と言って医局から出ていった。


——なるほど、そんな意味があったのか……。しかしいつの間に川村は……。

隆治は驚いていた。同じ学年で、少なくとも二年間の研修医が終わるまではほぼ同じ知識量だったはずだ。いつの間に、こんな学会発表やエクセルの使い方まで学んだんだろう。そして、平均値と中央値の違いの話にも圧倒された。あれほどわかりやすく教えられるということは、とても深い理解があるということだ。なぜ川村はあんなに知っているんだろう。

隆治は自分を恥じた。これまでそういう勉強を全然せず、ただ患者さんのことと手術ばかりを学んでいたのだ。差がついてしまった、そのことで焦る気持ちも小さくなかった。耳鼻科ではそんなに学会発表のトレーニングをしているんだろうか。

――しかし、病棟と手術の知識だけじゃダメなんだろうか？　こういうのは必要なのかな？

そうも思ったが、上司が学会で発表せよと言っていて、医者はみんな学会で発表しているのだ。きっと、なんかの理由で必要なんだろう。隆治にはその理由はわからない。しかし、言われたことはきちんとやるしかない。


その夜、隆治は午前一時までエクセルと格闘していた。

*

五月も下旬になり、だんだんと東京は湿り気混じりの初夏の空気になってきた。夜は夜で暗闇が増し、街全体が夏になる支度をしているようだった。

そんなある日、凜子は牛ノ町病院の救急外来で当直をしていた。朝から六時間くらいの大きな手術を終えて疲れてはいたが、夕方五時から始まる救急外来当番ではひっきりなしに患者が訪れていた。

発熱、頭痛、歯の痛み、腹痛、爪を剝がした、胸焼けがする、包丁で指を切った、便秘が辛い……。

実にさまざまな患者が訪れた。凜子のブースには絶え間なく患者の来訪を示すクリアファイルが置かれ続けたが、夜一〇時頃にようやくなくなった。

凜子は一人、看護師が使う休憩室に入った。頼んでおいたココイチのパリパリチキンカレー二辛はすでにテーブルの上で冷たくなっていたが、迷わずそのまま食べることにした。冷たくても空腹の凜子には美味しいだろうし、いつまた呼ばれるかわからない。白衣も脱がずに座ると、大急ぎで食べ始めた。

狭い休憩室には誰もおらず、静かだった。凜子はテレビをつけた。研修医の頃から同じ、古い小さなテレビだ。いったいいつからあるのだろう。一〇年ではきかなそうだった。

「西桜寺先生」

今晩の救急外来の看護師、吉川が休憩室に顔を出した。

「救急要請《ホットライン》なんだけど、若い女性の発熱で」

「はい、受けてください」

凜子は救急車を受け入れて、診るのが好きだった。

「先生、返事が早いわね。うちかかりつけじゃないんだけど、こないだまで外科で入院してた人。覚えてる？　ムカイさんって人」

「あ、わかります向日さん！　癌の人ですぅ。私も担当してました、受けてください！」

「わかったわ。たぶん一〇分くらいかかるから、先生ゆっくりカレー食べてていいわよ」

「はい、ありがとうございますぅ」

向日が来る。向日のかかりつけ病院は何か理由があって受けられないんだろうか。でもあの子はぜひ自分が診たい、と凜子は思った。

急いでカレーを口に入れる。とはいえ凜子はかきこむような食べ方はしない。一口一口プラスチックのスプーンを使い、せわしなく往復させる。

「ああーん」

なんとカレーを白衣の襟に思い切りこぼしてしまった。そばに置いてあった信用金庫の名前入りのボックスからティッシュを取ると、カレーを拭き取った。しかし茶色いシミが胸元の目立つところについてしまっている。

凜子はティッシュをさらに取ると、小さい流しで水に濡らし、白衣を拭いた。ちょっと茶色は薄くなったようではあるが、よく見ると広がってしまっている。

どうしよう、なんとかしなきゃ、と凜子は思った。とはいえ、もう救急車が来る頃合いだ。仕方なくそのまま休憩室を出た。

部屋を出て初療室へ行くと、看護師の吉川が待ちかまえていた。どうやら救急車はまだ来ていないようだった。

「間に合いましたぁ」

「うん、まだ来てないわ。……あれ、せんせ、それどうしたの？」

そう言って吉川は凜子の胸元を見た。

「まさか、カレーこぼしたの？」

「はい……すみません……ぐすん」

「謝らなくてもいいわよ、でもかなり目立つわね。どこかから白衣、持ってきてあげようか？」

「いいえ、大丈夫ですぅ。もうこれからの時間は患者さんあんまり来ませんし」

そう言った瞬間、初療室のドアが開いてひんやりした外気が入ってきた。

「お願いします！」

救急隊員の威勢のいい声とともに、ストレッチャーに乗って入ってきたのは向日だった。

「向日さん！　大丈夫？」

吉川が声をかける。向日はぐったりしているが、黙ってうなずく。入院していたので吉川の名前と顔を知っているはずだが、気づいていないようだ。それほど具合が悪いのだろう。

手際よく救急車のストレッチャーから初療室のストレッチャーに移され、モニターをつけられている向日は目をつぶっている。

「向日さん、わかりますか？　病院に着きましたよ」

「……うん」

「向日さーん。私のこと、覚えてます？」

「……うーん」

意識《レベル》が悪いのだろうか、と凜子は疑った。

「葵ちゃん？」

「え？」

そう言うと向日は目を大きく開けた。

「あ！　凜子ちゃん先生！　すみません─具合悪くなっちゃって」

「いいのよ、覚えていてくれてありがと。熱が出ちゃったのね」

「そうなの……昼から急に……やっぱりあれかな、タイ行ったのがまずかった？」

「タイ？　いつ行ったの？」

「あれ、アメちゃん先生に聞いてない？　おかしいなあ、一度メッセージ送ったんだけど。昨日帰ってきたの」

雨野先生と何かで繫がってるんだ、と思うと同時に、「帰国者の発熱」というフレーズが凜子の頭に浮かんだ。いまの向日は特殊な患者だ。衛生状態が悪いところからの帰国者が発熱すると、普段救急外来で診ている患者とはまた別の、日本にはめったにない感染症なども疑わなければならないぶん、難易度が上がるのだ。


凜子は向日に詳しく問診をし、タイの屋台で食事をしたあとから下痢があることをつきとめた。感染性腸炎の疑いで、症状がひどいためそのまま緊急入院とした。初療室のストレッチャーから待機ベッドに移し、採血をしたあと点滴を急速に入れ、小一時間したら向日は元気になってきた。

「葵ちゃん、感染性腸炎で入院ですぅ。点滴とかしばらくしますぅ」

「えー。またかー。やだけど、凜子先生が治してくれるならいいか」

「私が治すんじゃないです、薬が治してくれるの。あ、うんちの検査があるので出してくださいねぇ」

　便培養のための透明のカップを見て向日は顔をしかめた。

「こんなのに入れるの……乙女が……」

「私たちは慣れてますから、大丈夫ですぅ」

「嘘だ、凜子ちゃん先生は絶対慣れてないでしょ！」

　向日は笑った。一緒に凜子も笑った。

「先生はまだ仕事なの？」

「そうですよぉ、明日の夜までですぅ」

「ええ！　お肌に悪そう……」

「そうなんですぅ、もうそんなに若くないから……じゃ、点滴頑張ってくださいねぇ」

　凜子は待機ベッドから離れ、入院のための指示などを一通り電子カルテで出すと、待ち患者のファイルがないことを確認し、仮眠室へ向かった。一一時を少し過ぎたところだった。当直はいつもこれくらいの時間に一段落することが多い。

女性用の仮眠室は、救急外来のすぐ上のフロアにあった。暗い廊下を歩き、階段を上る。ベッドしかない狭い仮眠室に入ると、凜子は白衣を脱いで掛け、ベッドにごろんと横になった。何かを考える間もなく、掛け布団の上で仰向けのまますぐに眠ってしまった。

*

ピリリリリ　ピリリリリ

凜子のPHSが鳴った。暗闇の中で枕元に置いておいたPHSを探り当て、横になったまま出た。

「……はい、わたしです。あ、すいません、西桜寺です」

凜子は寝ぼけたまま電話に出た。

「せんせ、悪いんだけど」

吉川の声だ。

「また救急要請《ホットライン》。しかもごめんね先生、かなり重そうな人」

「ふぁい」

「六七歳の男性、腹痛。昨夜から」

「はい、受けますぅ」

と言った。

「了解、一五分で来るわ」

電話を切ると凜子はもう一度目をつぶった。眠い……もっと寝たい……もう一度、五分だけ寝てしまおうか……ちょっとくらいなら……。

次の瞬間、凜子はガバッと起き上がった。首を左右に振り、立ち上がる。危うく二度寝してしまうところだった。立つと、腰と踵《かかと》がズキンと痛む。このまま仮眠室にいるとまた寝てしまいそうだ。凜子は部屋を出た。

暗い廊下を、緑色の非常灯がほんのりと照らしている。凜子は足早に歩いた。研修医の頃からこの時間のこの廊下が好きではなかったのは、眠いときにいつも歩くからだけではなく、お化けが出そうで怖かったからだ。

救急外来のドアを開けると、眩しい光が目に飛び込んでくる。これでやっと目が覚める、と凜子は思った。

救急外来に着くと、なにやら雰囲気が違う。研修医の頃はまったくわからなかった感覚。三年目ともなると、感覚が研ぎ澄まされてくるのか、それとも気持ちに余裕が出てくるだけなのか、凜子にはわからない。

もしや、と思い初療室を覗くと、やはりすでに救急車は来ていた。ストレッチャー上のグレーの上下スエットに身を包んだ中年男性は、苦しそうに顔をしかめている。一見して、凜子は「ヤバい」と感じた。

「大丈夫ですかー？　ええと……」

「松田《まつだ》さんよ」吉川がモニターをつけながら助け船を出した。

「松田さーん！」

「……はい……」

「お腹、痛みます？」

「……うう……」

「松田さん！　目を開けてぇ！」

松田と呼ばれたその男性は、目を開けない。凜子は男性の肩を叩いた。

「松田サーン！」

「うるさいよ！」

突然松田が目を開け、大声を出したので凜子は驚いた。聞こえないふりをしていたのだろうか。

「えっ！　すいません……だいじょうぶですかぁ？」

「だいじょうぶじゃないから救急車呼んだんだ！　何言ってるんだ！」

「いま先生が話を聞きますからね、では西桜寺先生」

吉川がなだめた。

さりげなく、話しかけている凜子が医者であることを伝えている。そうでもしないと、凜子は患者から看護師によく間違われるのだ。

「いつから痛いんですかぁ？」

「……アンタ、なんだ、先生かよ……」

案の定、医者とは思っていなかったようだ。吉川がニヤッとする。

「はい、西桜寺と申しますぅ」

松田は凜子の名字をうまく聞き取れなかったようだが、話し始めた。

「その、夜から腹が痛くなって……」

「夜って何時くらいですぅ？」

「うんと……一一時くらいかな……いや、忘れた」

「どのへんが痛みますぅ？」

「……下のほう……」

どうも松田の歯切れが悪い。

「ちょっとお腹、診察しますよぉ」

凜子がそう言うと、吉川がさっと松田のスエットをたくし上げた。

太ってはいないが筋肉もない、ちょろりと数本毛の生えただらしのない下腹部を凜子は触った。

「あいて！　痛いよ！」

凜子は松田の顔を見た。本当に痛いのかどうかを、表情から読み取ろうとしているのだ。続いて凜子は松田のお腹をあちこち触ったが、そのたびに大げさに顔をしかめ、大声を出すので、松田が本当にどれくらい痛いのかはわからなかった。ただ言えることは、この患者は「痛い」と伝えようとしている、ということだった。本当に痛いかどうかは、凜子にはわからない。

凜子は松田のスエットを下げつつ、悩んだ。これは本当に痛いのだろうか、それともただ大げさなだけなのだろうか……自分の数少ない経験では、これくらい痛がるのであれば検査をしたい。しかし大げさなだけなのかもしれない。

わからない。相談できる医師はいない。どうしよう……と凜子は一瞬、思考が停止した。

が、はじめの「ヤバい」という直感を思い出し、それを信じることにした。凜子はそういう野性の勘のようなものが、もともと人より鋭いようだった。

「吉川さん、採血とレントゲン撮りますぅ。点滴《ルート》も取ってください」

そう吉川に伝えると、松田にも言った。

「松田さん、ちょっとレントゲン検査しますからぁ！」

「ええ！　いいよ、検査なんて！」

松田が真剣な顔で言ったそのとき、初めて凜子は松田とちゃんと目が合った。凜子は、松田の目を見たときどこか違和感を覚えたが、その理由はすぐにはわからなかった。

「いいえ、必要なのでさせてくださいねぇ」

「なに言ってんだ、いらないよ！　そんなことすんならもう帰る！」

松田は急にストレッチャーの上で起き上がろうとした。が、すぐに「イテテテ……」と言って寝てしまった。

そう言われると、検査は不要な気がしてきてしまう。患者さんが同意しない検査は、いくら医学的に必要でもすることはできない。

「ほら、痛いんだから、検査しましょうよ」

こういうとき吉川を含む看護師はとびきり優しい声を出す。まるで赤子に話しかける母のようだ。

「嫌だよ！　ぜったいやらない！」

吉川が優しく言えば言うほど、松田は駄々っ子のような声を出した。

「でもお腹、痛いですよねぇ。そのままでは良くならないので、検査しないと帰れませんよぉー」

「………」

少し松田は考えているようで、黙ってしまった。あと一歩だ。

「じゃあ、検査、行きましょうねぇー」

吉川がストレッチャーのストッパーを外すと、ガチャンという音とともにベッドが少し動いた。

「ダメだ！　やっぱり！　イテテ……」

威勢のいい声は最初だけで、腹の痛みのせいか尻すぼみだ。

「ほら、お腹痛むんでしょう？　早く検査しないと……」

「ダメなんだ……どうしてもって言うんなら……」

「言うんなら、なんですかぁ？」

　凜子が顔を覗き込んだ。

「……いないのか……」

　小声で言ったので凜子には聞き取れなかった。吉川も聞こえていなそうだ。二人は顔を松田に近づけた。

「……男の先生……いないのかよ……」

　吉川と凜子は顔を見合わせた。

　なぜ男の先生なのだろう。腹が痛いことと関係あるのだろうか？　これまでにも何度も言われたことのあるこのセリフ。凜子は、自分が女性というだけで、医者としてこれほど不利なのか、と感じていた。それでも、めげそうになる気持ちを奮い立たせる。

「いま、真夜中なんで私しかいないんですぅ。女の医者は嫌ですかぁ？」

「……いや、女が嫌とかじゃなくて……」

　そう言うと松田は両膝をつけ、スエットに包まれたズボンをくねらせた。松田の顔を見た凜子は、そのとき初めてさっき覚えた違和感に気づいた。松田の顔はどことなく整っているのだ。

　凜子は、松田に気づかれないようにチラチラと顔を見た。どうやら化粧をしているようだ。よく見ると、眉毛も少し描き足している。髪も短髪だが言われてみれば整っている。そして耳には、ピアスの穴らしき跡も両方にある。

どういう意味があるのかわからなかったが、とにかくこのことと男の医者を求めることは関係があるような気がした。雨野先生を呼ぶ？　と凜子の頭に一瞬よぎった。が、壁にかかった時計は一時を指している。さすがに寝ているだろうし、患者が男性医師を求めるからというだけで呼び出すわけにはいかない。それは、凜子の医者としてのプライドでもあった。なんとしても、検査をして大丈夫かどうかは確認しなければ……。

「すみません、でも、いまは私だけなんですぅ。お願いしますぅ、検査……」

凜子は泣きそうな声で言った。吉川が助け船を出す。

「そうよ、こんな夜中なんだから！　じゃ、検査行くわよ」

そう言うと、問答無用でストレッチャーを動かした。

「ちょ、ちょっと！」

松田が言うのもお構いなしに、吉川はストレッチャーを押して初療室の外へ出た。

「すぐ終わるから！」

頼もしい吉川の声が聞こえた。

凜子は初療室の電子カルテの前に座った。なんとか検査は受けてもらえそうだ。しかし、吉川の助力なしには絶対に無理だっただろう。ありがたいという気持ちと、「検査の必要性を伝え、受けてもらう」なんてことさえ満足にできない悔しさが綯《な》い交ぜになる。

電子カルテのトップページをしばらくぼんやりと見ていた凜子は、ようやく自分のIDとパスワードを入力した。

そして、カルテに松田のことを考えながら書いていった。

S）昨夜23時ごろから腹が痛い

通常、カルテのS（Subjective）では患者が言った内容をできるだけそのまま書くのだが、ここまで書いて凜子はこれしか話を聞いていなかったことに気づいた。いまがピークの痛みなのか、楽になってきたのか、どういうとき痛みがひどいのか、痛みはずっと続くのか間歇《かんけつ》的なのか、そういう重要な情報をまったく聞き漏らしていたのだ。まずい、夜中で頭が回ってない、と凜子は思った。

O）意識清明　BT 37.8℃

腹部　全体に圧痛あり

Oは Objective、つまり客観的なデータを書くところだ。吉川のメモによると熱が少しある。腹部の触診の所見は、本来ならばもっと詳細に書かなければならないのだが、あれではよくわからなかったので「腹部　全体に圧痛あり」だけにしておいた。

A）

凜子の手が止まった。Aは Assessment、つまり評価ではどういう疾患を疑うか、どういう病態を考えているかを書く。しかしいまのところ凜子にはさっぱりわからない。ひとまず空欄にして次に行った。

P）レントゲン、採血。点滴も

Pは Plan の略で、どんな検査や治療をしたか、あるいはこれから行うかを書く。とりあえず検査と点滴だけを書いておいた。

これだけ書くと、救急外来は静かになった。検査結果が出るまでに、一五分くらいはかかるだろう。凜子は初療室の中を何をするでもなく見回した。それほど広くはない、真ん中にストレッチャーが一つ入ったらもう両側を人一人通るのがやっとの部屋である。頭側に電子カルテの置いてあるデスクがあり、足側は大きな自動ドアになっている。自動ドアは何かをこすった跡のような傷だらけで、もともとは白かったのかもしれないがベージュがかっていて、この部屋が長年使われていることを示していた。床は、黒やら茶色やら黄色やら、よくわからない筋がたくさん入っていてまるで現代アートのようになっていた。両側の壁には棚があり、たくさんの薬やら包帯やらいろいろなものが置かれている。

何十年ものあいだ、この部屋は救急車で運ばれてきた人をまず受け入れてきた。そしてここで初療をしたのだ。ここで死んだ人もいるだろう。死んだままここに入った人もいるだろう。あるいは生還した人もいるだろう。もしかしたら、棺桶に片足突っ込んでいて、なんとか引っ張り戻したような人もいるのかもしれない。

凜子は、むかし隆治と一緒に当直をしたことを思い出した。あれは凜子が一年目の研修医だったから、二年前だろうか。患者がいないスキに、隆治はストレッチャーに腰掛け凜子に昔話をした。

佐藤先生と一緒に当直中、テレビでニュースを見ていたら高速道路の事故があったこと。その後、すぐにその事故に遭った人たちが救急車でここに運ばれてきたこと。腹壁が破壊され、腸が飛び出ていた子供を緊急手術したこと。母に会えず寂しそうだったこと。そして何カ月もかかってその子は治り、帰っていったこと。

隆治は嬉しそうに喋っていた。ちょっと涙ぐんでいるようでもあった。

私もいつか、後輩ができたらそんな話ができるんだろうか、と凜子は思った。でも、いまのままではダメだ。ちゃんと話も聞けていないし、患者さんから信頼なんてまるでされていない。そう思うと、悲しくなる。


いつか、雨野先生みたいになれるんだろうか。

凜子はぱっと立ち上がると、初療室から外に通じている自動ドアのボタンを押した。ガーッという音とともにドアが開く。ひんやりした外気が凜子の着ているスクラブの脇から入り、背中に抜ける。鼻の奥がつんとし、目が覚めてくる。大きく息を吸うと、全身の細胞一つ一つが冷えるような気がする。空を見上げると星がまばらに見える。

さあ、頑張ろう。

そう思い凛子は初療室に戻った。

＊

「きゃっ！」

凛子はたまらず大声を出した。

凛子は先ほど撮った松田のレントゲンを見ていた。腹部のレントゲンには、普段見慣れたレントゲンには写らないものが写っているようだ。よく見ると、細長い円柱形をしているものが骨盤の中にある。

「……なんだろ……」

レントゲンをアップにしても、いまいちなんの形かよくわからない。小さくしたり大きくしたりして見ても、何かが変だということしかわからない。ポケットにでも何か入れてレントゲンを撮ってしまったのだろうか。それで写り込んだのか？

凛子が首をかしげていると吉川が来た。

「どうしたのせんせ、女子っぽい声出しちゃって。向こうまで聞こえてたわよ」

「……あ、すいません……でも……これ……」

凜子が指差すレントゲンを見て、吉川は驚いた。

「え！　なにこれ！」

しばらく凝視している。吉川も固まっている。

「なんですかこれぇ」

少し考えていた吉川は、急に笑い出した。

「先生、たいへん。これ、もしかしたらお尻から入ってるかも……」

「え？　お尻？」

もう一度レントゲンをよく見た。細長い円柱は、どこかで見たことのある大きさと形だ。

あと一歩のところまで来て思い出せないのは夜中だからだろうか。

「うん、そういう患者さんが前に来たって聞いたことあるわ、見たことはないけど。話、聞いてきてあげようか？」

「えぇ……ありがとうございます。一緒に行きましょ……」

二人は、待機ベッドで横になっている松田に声をかけた。

「ねえ松田さん、レントゲンの結果が出たんだけど……」

「なに……」

松田は顔をしかめている。どうやら痛みが強くなっているようだ。

「もしかして、お尻からなんか入れちゃった?」

吉川が聞くと、

「え、何言ってるんですか……」

と言ったが、吉川が目を見て黙っていると、松田は顔をしかめたまま少しずつ話した。

「……いや……なんか……風呂入ってて……座ったら……勢いよく座ったら……なんかあって……なんかのスプレー缶だったかな……」

入っちゃった、と言った。

吉川と凜子は再び顔を見合わせた。

「お、お風呂、ですかぁ?」

「……そうだよ!」

「うーん」

そんなことがあるのだろうか。どれだけ勢いよく座ったというのだろう。いや、石鹸でもついていて滑りが良ければもしかして……。

凛子は想像した。

「本当？　ねえ、本当に？」

吉川が優しく尋ねる。

「本当、本当ですって……」

にわかには信じがたい。しかし、本人がそう言うのだからこれ以上追及するわけにもいかない。

とにかくいまは、本当に体の中にあれが入っているかどうかを確かめることが先決だ。

「松田さん、ちょっとお尻を見せていただくことはできますでしょうか？」

どう言えばいいかわからず、妙な丁寧語になってしまった。

「……いいですよ」

松田はどうやら本当にお腹が痛いのだろう、あっさりとOKしてくれた。

吉川が横を向かせ、海老のような体勢をとらせた。そしてグレーのスエットを下げると、つるりとした臀部《でんぶ》があらわになった。

なぜこんな夜中に中年男性のお尻を見なければならないのか凛子にはわからなかったが、思い切って見た。手袋をはめて肛門を覗き込む。

「えっ……」

そこには、診察で見慣れたいつもの光景がない。米印のような肛門がないのだ。代わりにあるのは五〇〇円玉くらいの大きな空洞だった。暗闇はそのままどこまでも続いていそうだったが、おそらくこの先に本人の言う「スプレー缶」があるのだろうと凛子は思った。

あやうく叫び出しそうになるのをこらえ、凛子はなんとか冷静に声を出した。

「吉川さん」

吉川は凛子の側に回ってくると、一緒に覗き込んだ。

「えっ……」

吉川も絶句している。

「……ええと……雨野先生に相談しましょうか」

吉川は冷静に言ったつもりだったが、声が震えているのが自分でもわかった。

「え、ええ」

凛子も、思考が停止してしまった。とにかくこれまで生きてきた中で一番くらいのパニックだ。なにせ、運ばれてきた男性の肛門に、おそらく大きな缶が入っているのだ。

「松田さん。お尻からなにかの缶が入っちゃってますぅ……」

「……ああ……やっぱりか……娘のスプレーが風呂場にあったんだよ……セブンスリー

とか言う……」

「娘さんの？　セブンスリー？」

凜子は吉川と目を見合わせた。そうか、セブンスリーなら自分も使っている制汗スプレーだ。さっきどうしても出てこなかった名前が出てきて、少し凜子はすっきりしたが、よく考えると気持ちが悪くなった。

「わかりました、ちょっと、上の先生に相談しますね」

にわかには信じがたい。人間の体とはそういうものなのだろうか。凜子はよろよろと歩くと、電子カルテの前に座って考えた。

「じゃ、私電話してあげるね」

吉川が小声でそう言うと離れた。


医師が肛門に人差し指を入れる「ジギタール」という検査は、最初は衝撃だったものの、その意義が非常に重要だということを学んでからというもの、いまではしょっちゅう凜子も行っている。凜子はジギタールのときの肛門の締め付けを思い出した。若い人がぎゅっと締めると人差し指がちぎれそうになる。そして指一本入れるだけでもほとんどの人は強い痛みがある。高齢女性くらいだ、指を入れてもあまり痛がらないのは。

あんなに締め付けの強い肛門に、あんな太い缶が入るだろうか……だいぶ勢いよく座ってしまったのだろうか。しかも体を洗っているときに石鹼がついていたりして……。

想像すると、なんだか自分のお尻までむずむずしてくる。とりあえずカルテをざっと書くと、凜子は目をつぶった。

昨日の、といっても凜子にとっては同じ日のようなものだが、日中の手術が遠い昔のことのように思えた。隆治の執刀する開腹手術だ。思い出したのは、隆治の糸を結ぶ手つきだった。あまり器用そうに見えない隆治だが、とても滑らかな動きで糸を結ぶ。糸を落としてしまったり、止まってしまったりすることがほとんどない。細くはない指だが、きっと練習しているのだろう。凜子は隆治の糸結びを見ているとうっとりしてしまうことさえあった。あんな動きが、自分もできるようになるんだろうか。

そう思って、ポケットに練習用の糸があることを思い出した。手術室の看護師が未使用だが期限切れの糸を、練習用に凜子にくれたのだった。

白い糸をすっと一本出す。五〇センチ長のその細い糸を、両手の人差し指と親指ではさんで引っ張る。隆治のように華麗にさばくことはできない。ぎこちない手つきで糸を引っ張っていく。つつつ、という感触が、絹の糸であることを実感させる。この糸で人間の血管を縛るのだ。弾けたら最後、死に至る。そんな重い責任を、こんな細い糸が担っている。その割になぜこんなに触り心地が良いのだろう。いつまでも触っていたい、と凜子は思った。思考が少しずつ緩んでくる。眠気が頭蓋骨の隙間から染み入ってきたようだ。

「雨野先生、来てくれるって。その代わりCT撮っといてって言ってたわ」

吉川が近づいてきたことに凜子は気づいていなかった。もしや寝てしまっていたのだろうか。何も指摘しない吉川の優しさを感じた。

「はいぃ、ありがとうですぅ」

凜子は電子カルテでCT検査のオーダーを入れた。「CT」のボタンをクリックすると、検査を依頼する画面が展開される。いくつかのチェックボックスをクリックし、依頼コメント欄に書くところで凜子の手が止まった。少し考えて、こう書いた。

「腹痛の精査です。肛門より、何かが入っているかもしれません。よろしくお願いします」

確定をクリックしようとして、すんでのところでもう一度書き換えた。

［腹痛の精査です。肛門より異物が入っているようです。消化管穿孔の可能性もあります。よろしくお願いします］

読み返しても、どうもしっくりこない。それもそのはずだ、しっくりこない状況だからだ。凜子はそう思って確定をクリックした。あとで怒られるかもしれないけど、夜中だから、まあちょっと変でも許されるだろう。

凜子が待機ベッドエリアの松田のもとに行くと、すでにストレッチャーごといなくなっていた。吉川がＣＴ室に連れていったのだろう。本人にＣＴ検査をすることを伝えてもいないのに、吉川がもう検査に連れていってくれている。いけないのかもしれないが、夜中には助かる。

再び電子カルテ前の椅子に座ると、凜子は背もたれによりかかった。その古い椅子はぎい、という音がして背もたれがかなり倒れ、凜子は後ろにひっくり返りそうになった。周りを見渡したが、誰もいない。そういえばもう一人夜勤の看護師がいるはずだが、どこにも見当たらなかった。患者が松田しかいないから、いまは仮眠をとっているのだろうか。

静かな救急外来で、凜子は背もたれにそっともたれた。そして目をつぶると、そのまま眠ってしまった。

「……イテテテ……」

「もうちょっとだから頑張って！」

大きな声で凜子は目を覚ました。一瞬、自分がどこにいるかわからなくなる。視界に入ってきた自分の白衣を見て、いま救急外来で当直中だということを思い出した。首が痛むのは、首をかなり前屈させて寝ていたからだろう。

ハッと思い出し、凜子は電子カルテを見た。すでにCTの撮影は終わっていた。

CT画像は、凜子がこれまで見たことのないようなものを写し出していた。お腹の中に、やはり細長い缶のようなものが入っている。腸の中に入っているようだが、一番奥では腸の外に飛び出しているようにも見える。

これはどうすればいいのか……凜子は見当もつかなかった。とりあえず、もう一度本人の様子を見てくるか……そう思ったとき、後ろから声をかけられた。

「よ、お疲れ」

隆治だった。ジーンズに水色のTシャツを着、上から白衣を羽織っている。どう見ても変なかっこうだ。それでも、凛子には神様のように見えた。

「先生ーー！」

「すごいCTだね。とりあえず手術《オペ》しよう」

「えっ、手術ですか？」

「うん、だって穴開いてるし。手術室と佐藤先生には連絡しといたから」

話が早すぎて凛子にはついていけない。寝起きだからというのもある。

「先生、これどうなってるんですかぁ？」

隆治はCTを凛子に見せながら解説した。

「ここが肛門で、ここから直腸でしょ。で、缶がまっすぐS状結腸につきささって、このへんで穴が開いてるんじゃないかな多分」

言われて凛子も見るが、さっぱりわからない。

「わかりません」

「うーん、じゃあこのフリーエアーはわかったでしょ？」

見ると確かにフリーエアーがある。凛子は缶に気を取られていて、そちらには気づいていなかった。

「……はい」

凜子は嘘をついた。夜中だし、まあいいか、と思った。

「じゃあ俺から本人に話すから、同席して」

「わかりましたぁ」

やはり隆治は頼もしい。凜子はどんどん眠気が覚めていくのを感じた。

これだけの所見さえ、まったくわからない自分。直腸の穿孔であれば、気づかなければ通常は二四時間で死亡する。ましてフリーエアーに気づいていないとは、言語道断だと凜子は思った。外科医なんてもんじゃない、医者としてもまるで低いレベル。そんな自分が悔しく、凜子は知らず知らずのうちに涙目になっていた。

「あれ、どうしたの？」

こういうときに限って隆治が気づく。

「いえ、なんでもないですぅ」

「眠くてあくびでもしたかな」

のんきなことを言う隆治。これ以上もたない。

「ちょっとお手洗いに」

そう言い終わる前に、凜子は席を立った。

＊

午前四時。

凜子は集中治療室《ICU》にいた。傍らには隆治もいる。

先ほど隆治が執刀した手術が終わり、ここに戻ってきたのだった。ベッド上の松田はまだ麻酔から醒め切っていないようで、眠っていた。

「早めでよかったよ、手術。これで朝まで待つともう血圧下がってバイタル崩れて大変だからね」

仁王立ちでモニターを見ていた隆治は言った。褒めてくれているのだろうか。

「あ、いえ、先生が来てくれて本当助かりましたぁ。私、一人では……」

「いや、きちんと危ない患者を察知して上を呼ぶのは、大事な能力。先生はその仕事をちゃんとした。えらいよ」

相変わらず隆治は褒め上手だ。

「さ、尿も出てきてるみたいだし、ちょっと休みな。今日も朝から手術《オペ》だし」

「はいぃ。でも、あのスプレー、どうするんですか？」

凜子は手術中に腹の中から取り出した、便まみれのセブンスリーのスプレーを思い出した。

「ああ、あれねえ……佐藤先生は本人に返してって言ってたけど……」

「えっ返すんですか」

返された松田はどうするのだろう。たしか手術前、救急外来では娘のセブンスリーと言っていた。娘に返すのだろうか。

「でもさ、返されてもキツいよね。また使うのかな」

そう言うと隆治は笑った。

「ま、状態は落ち着いてるし、ぼちぼち休んでね。俺も休むわ」

「はい、ありがとうございましたぁ」

隆治の後ろ姿を見送ると、凜子は再び松田を見た。

座るときにあったという謎の理由、そして衝撃のレントゲン。フリーエアーを見逃したCT。もう少し早く隆治を呼べればよかったのではないか。隆治にも佐藤にも指摘されなかったが、されなかっただけにそう感じた。まだまだひよっこ扱いだ。このままじゃいけない、凜子はそう思った。

そのまま明け方まで、凜子は集中治療室で松田を見ていた。

＊

「俺を見捨てるの？」

渋谷は膝をコンクリートの地面につくと、佐藤を見上げていた。左に目をやると、階段状になっている講義棟の窓からは大勢の同級生が見える。どうやら大学に来てしまったようだ。気づけば中庭の向こうのほうからは、男友達がぴょんと手を上げて振っている。いま応えるわけにもいかない。

「俺と仕事とどっちを取るの？」

黙って見ていると渋谷は泣いてしまった。困ってまた左を見ると、同級生たちがみな窓にへばりついている。よく見ると、みなニヤニヤ笑っているようだ。だんだん声が聞こえてくる。どっち、どっち、どっち……。


そこで佐藤は目が覚めた。自室の柔らかい枕は、汗で湿っていた。なんという夢だ。

佐藤はその夜、早めに床についていた。夕食を近所のイタリアンレストランで軽く済ませた後にコンビニで雑誌「VOGUE」を買い、家でぱらぱらと読んでいたが、すぐに飽きてベッドに横になったのだった。

首元が冷たくて気持ちが悪い。佐藤は起き上がると枕元の携帯電話を手に取り、短い廊下を通ってリビングに入った。灯りをつけ、水切りカゴからコップを出すと冷蔵庫を開ける。炭酸水がまだ少し残っていたのでコップに注ぐと、飲んだ。

ふう、と息をつく。それにしても嫌な夢だった。あんなことは渋谷は言わない。そういうタイプではない。もしかして自分の願望で、夢の中の渋谷に言わせたのだろうか。まさか、そんなはずはない。


佐藤は、傍らにある携帯電話を見た。いっそいま電話してしまおうか。しかし会う予定は今週末だった。こういうことは、やっぱりきちんと顔を見て伝えたほうがいい、と佐藤は思った。携帯電話をテーブルに置くと、ソファにごろんと横になった。一人暮らしの部屋にしては少し大きすぎるテレビが、横向きに見える。佐藤はしばらく何も映さないテレビの黒い画面を見るともなく見ていた。

コチコチと時計の針が音を立てている。テレビの上の壁掛け時計は、二時過ぎを指していた。もう一度寝るか、と思った瞬間、携帯電話が鳴った。病院からだった。

「はい」

「あ、あれ?」

すぐに出たから慌てている。隆治の声だ。

「どうしたの?」

「あ、佐藤先生すみません、雨野です。こんな時間にすみません。実は、肛門異物で穿孔っぽい人がいまして」

「開いてる?」

「はい」

「やる?」

「はい、だと思います」

「すぐ行く。手術室とか連絡しておいて」

「すみません、ありがとうございます」

電話を切ると、急いで着替えて佐藤は家を出た。そう、私は目の前の患者に集中すればいい。

マンションから通りに出ると、すぐに流しのタクシーを捕まえた。

「牛ノ町病院、大急ぎでお願いします」

Part 5　兄と父

六月に入った。雨の季節だった。

隆治はこのところ毎日、仕事が終わってからも遅くまで医局の自分の机にかじりついていた。上司の岩井に言われて三月から進めていた学会の準備は、佳境に入っていた。

統計、スライド、発表……すべてが初めての経験である隆治は、できない自分に焦っていた。焦りの理由は、ただ締め切りが迫っているだけでなく、同期の川村がすでに何度も学会発表を経験済みであり、自分より遥かに知識を持っていたからでもあった。それどころか、川村は国際学会でも発表の経験があったのだ。

隆治が発表をする学会本番まで、あと一カ月ほどだ。それまでにスライドを作り上げなければならない。

仕事の合間を見てときどき、岩井のもとへ何度かノートパソコンを持って相談しに行った。そのたびに、「お前大丈夫か」や「このままだとヤバいぞ」という怖い言葉を土産に持って帰るのだった。

とくに長時間の手術が終わってからの、頭を使う仕事は隆治にこたえた。手術は体を酷使するのだから、頭を使う学会準備には影響ないのではと隆治ははじめ考えていたが、そんなことはなかった。どうやら手術というものは頭も使っているらしい。

夜遅く、〇時を過ぎるまで作業をやっていると、次第におかしな思考にもなった。パソコン上で、データとして処理している何百人もの患者が、小さな人形のようになってパソコンの画面から歩いて出てくるような錯覚や、手術をしてから一〇日で死亡した患者のデータを見ては涙を流すようなこともあった。慣れてくるとそういうことは減ったが、それでもときどきは、数字の羅列がすべて、たくさんの人生を表しているのだと思うと胸が締め付けられた。こんな簡単に扱っていいのだろうか、と感じることもあった。

それでも、少しずつ新しいことを覚えていくのは楽しかった。病院の外は連日雨が降っていたが、隆治は構わず作業に集中した。

＊

その日は珍しく日中に手術がなく、病棟も落ち着いていたので夕回診のあと隆治は早々に医局に引き上げると、またノートパソコンを睨みつけて何やら作業をしていた。カプランマイヤー曲線、ログランク検定などといった、医学部でも習わない、そして医者になってからも誰も教えてくれなかった統計学の知識を、隆治は吸収していった。

外は静かな雨が降っていた。時計は夜八時を回っていた。

「お疲れ、アメちゃん」

後ろから声をかけたのは川村だった。めずらしく白いワイシャツに紺色の細いタイを締めている。雨の日だというのに、ふんわりと真ん中で分けたいつもの髪型は相変わらず余裕を感じさせた。

「お、お疲れ。どしたの、そのかっこ」

「ん、今日は大事なデートなのよ」

――大事なデートってネクタイを締めるもんなのか。

隆治はこれまでそんなことをしたことがなかった。

「それよりアメちゃん、まだこないだの学会の準備やってるの？」

まだ、という単語に、どれだけ仕事が遅いんだと言われたようで一瞬引っかかったが、屈託のない笑顔の川村にそんな意図はなさそうだった。

「うん、だいたいできたんだけどさあ、なんせ初めての発表だからこれでいいのかわからなくて……」

「え、ちょっと見せてよ」

「いいよ。……あれ、デートは？」

まだ時間大丈夫だから、と言うと、川村は隆治のパソコンを覗き込んだ。興味津々なようだ。

「じゃあ、順番に見せるわ」

そう言うと、隆治は二〇枚ほどあるスライドを順番に見せた。うんうん、とうなずいたり、んー、と首をかしげたりしながら川村は見ていた。

──見られるの、ちょっと嫌だな……でも指摘してもらえば良くなるか……。

最後までスライドを送ると、隆治は手に汗をかいていた。

「いいじゃん。わかりやすいよ、やっぱりアメちゃんは優しいから、わかりやすいんだろうな」

友人の高めの評価に隆治はほっとした。

「いくつか『俺ならこうする』みたいの言ってもいい?」

川村も気を遣っているようだ。隆治の緊張が伝わったのだろうか。

「まずフォントだけど、俺が習ったのはTimesに統一するって方法。あと、ページ番号をつける。それと……」

「……ちょっと待って!」

隆治は急いで机の上にあった紙を手にすると、胸ポケットのボールペンでメモを取り始めた。

「Times、ページ番号ね、オッケー。それと?」

「あはは、アメちゃん、あくまで俺の意見だからね」

そう言うと笑った。そのとき、すっとミントのような香りを隆治は感じた。また香水だろうか、それともガムでも噛んでいるのか……。

「あとは……そうだなあ、文字が多すぎるから絵があってもいいかもよ? 聞いてるほうって、文字ばっかりだと飽きるんだよね」

聴衆のことなど考えたこともなかった。こういうところは、川村のセンスなんだろう。

「ありがとう」

うん頑張ってね、と言うと川村は去っていった。

見た目や雰囲気だけでなく、どこまでも川村は洗練されている。それは東京生まれだからなのか私大出だからなのか、隆治にはわからない。自分の不器用さというものに、三〇歳近くなってきてだんだん気がついてきた。これぱかりはどうしようもない。出身地である鹿児島を恨むわけにもいかない。きっと自分のせいなのだ。

隆治は川村に指摘されたところを一つひとつ直していった。

病院の外は、相変わらず静かな雨が降り続いていた。

＊

「おはようございます」

「あ、おはよう」

翌朝、七時前。

外科病棟で凜子がすでに電子カルテで仕事をしていた。凜子の白衣の白が眩しい。

昨夜遅くまで医局で学会用のスライドを作っていた隆治は、眠気の残ったまま病棟へ来ていた。

「じゃ、回ろっか」

「はい」

二人はナースステーションを出ると、病棟を回り始めた。

最初に入ったのは「リカバリー室」と呼ばれる、比較的重症の患者が入る部屋だ。監視が行き届き、急変があったときすぐ駆け付けられるようにリカバリー室はナースステーションの目の前にあった。

「松田さん」

カーテンを開けると、松田が朝食を前にテレビを見ていた。

「調子はどうですぅ？　だいぶお元気になられて」

「おはようございます。ええ、もうずいぶんいいですよ！」

「食事も全部食べられてますね」

「ええ、ここのご飯とっても美味しくて……食べちゃいますね」

松田はニッコリと笑った。

救急外来に運ばれてきたときとは打って変わって、松田はとても丁寧な応答をするようになっていた。まるで別人のようだが、それだけあのときは余裕がなかったのだろう。

「ちょっとすみません、お腹の創《きず》、いいですかぁ？」

　そう言いながら凜子は松田のパジャマを開けるとお腹のガーゼを外した。少し汚い汁は出ているが、思ったよりも創は治ってきている。

「点滴、もうやめちゃって……いいですかぁ？」

　凜子がちらっと隆治の顔を覗く。

「うん、もういいんじゃない」

「じゃあ、今日抜いちゃいますね！　あとはお腹に入ってる管と、人工肛門の管理ですねぇ」

「はい、よろしくお願いいたします！」

　部屋を出ると、二人は顔を見合わせた。

「なんか、ずいぶんキャラ変わったよね」

「そうなんですぅ。前の議員さんもわかりやすかったですけど、松田さんはなんでしょうねぇ……」

「なんかたまにそういう人いるんだよね、病気が良くなると性格も変わる人」

「へぇー、そうなんですねぇ」

　あまり納得のいっていない顔だ。

「おはようございますぅ」

次に回ったのは向日のベッドだった。

「あ、おはよ」

向日はまだ寝ていた。布団の中でもぞもぞと動いている。

「今日はどうですぅ？　お腹、痛みますぅ？」

「う～ん」

そう言うと目をこすりながら起き上がった。

「そうね、いいかも」

「じゃ、あっちのほうは？」

――あっちのほう？

「あっちは……もうゼロ回かな」

「なに、あっちって」

隆治には意味がわからない。二人はいつの間にかけっこう仲良くなったようだ。同性だから話も合うのだろうか。

「秘密ですぅ。ね！」

「ねー」

「それじゃ」

廊下に出て隆治は再び凜子に尋ねた。

「さっきの、どういう意味？」

「あぁ、あれは下痢の回数を聞いてたんですぅ。ほら、同室の方とかいて毎日言うのって恥ずかしいじゃないですかぁ。ま、先生にはわからないか」

なんとも凜子は楽しそうだ。よくわからないが、楽しそうならいいか、と隆治はあやふやに笑った。

その日の夕方六時。

日中の手術を終えた凜子と隆治は、病棟を回診していた。

二人は向日のベッドに来た。大部屋に入りカーテンを開けながら凜子が声をかける。

「向日さぁん」

「お、凜子ちゃん。元気ー？」

「んー元気ーですぅ！」

——やれやれ、これじゃ友達だ……しかも元気って聞くのも医者と患者が逆だし……。

　隆治は少しうんざりしながら、凜子の後ろで黙って聞いていた。

「で、私そろそろ帰れそうじゃない？」

「えぇ……」

　凜子の歯切れが悪いのは、ＣＴ結果のことが頭にあるからだろう。隆治は、先日凜子に向日のＣＴ結果を、画像を見せながら解説していたのだった。

　凜子が振り返り、隆治の顔を見た。退院許可はどうしましょうか、あのＣＴの結果は伝えるんですか、と言っているようだった。

「うん、まあそろそろ大丈夫かな」

　隆治はつとめて真面目な顔で答えた。


　部屋を出たところで隆治は佐藤に電話し、退院は問題ないことを確認した。

「じゃ、あとで先生から伝えといて」

「わかりましたぁ」

　他の患者のベッドサイドを回り、最後に松田の個室へやってきた。

　こんこん、とノックして「失礼します」と二人は入った。

「ああ、先生方」

松田はベッドに横になっていた。具合でも悪いのだろうか。

「あれ、どうしました？　大丈夫です？」

隆治が尋ねると、松田は眉を下げて言った。

「いや、どうにもね、元気出なくなっちゃって」

「お腹、まだ痛みます？」

「いやね、昼に看護師さんから、『本当はスプレー缶、自分で入れたんでしょ？』ってしつこく聞かれて。そんなわけないのにさ、失礼しちゃうよね」

「……そうですか。創《きず》、ちょっと見せてくださいね」

凛子は手袋をつけると、ガーゼをめくって創を見た。少し汚れてはいるが、そんなに問題はない。

「はい、大丈夫そうですぅ」

「少し感染はしてますけど、毎日シャワーで洗いましょう。すぐきれいになりますよ」

部屋を出ると、まっすぐナースステーションに行き手を洗った。

「ふぅー、私、笑っちゃいそうになりましたぁ」

「ね」

「看護師さんもすごいですねぇ……私、絶対聞けない」

「ほんと。でも、本人が否定してるんだから、これ以上はわからないよな。うん。わからない」

自分に言い聞かせるように隆治は言った。

松田の経過はその後良好で、数日後に退院した。

結局のところ、肛門になぜ娘の制汗スプレーが入ったか、真相はわからないままだった。

隆治と凜子にとっては「この世界には不思議な人がいる」という学びにしかならなかった。岩井は「いるんだよたまに、肛門遊びする人」と一蹴していた。

*

「へぇー、けっこう洒落たお店だね」

吹き抜けの二階にある大きめなテーブルにつくと、隆治は店内を見回した。

週末の土曜日、凜子は隆治をランチに誘っていたのだった。土曜日ではあったがいつもどおり朝から回診をして、翌週の手術のための点滴や検査のオーダーを入れてから二人はこのレストランに来ていた。上野駅から少し御徒町駅のほうへ歩いたところに、そのレストランはあった。

「こんなところあったんだ」

「へへ、最近発掘したんですぅ。美味しいんですよぉ」

凜子は嬉しそうにしている。

「それとですねぇ、今日は先生を驚かせちゃうかも」

「え？　なんで？」

「それはもう少し秘密ですぅ。先生、ランチのコースにしましょ」

テーブルの向かいから凜子はメニューを広げて隆治に見せた。

「うん、じゃあ俺Bランチ」

「わかりましたぁ、食後のドリンクは？」

「うーん、ちょっと見せて」

見るとドリンクが凝っている。ランチなのにグラスワインが四種類もあり、イタリアのビール「モレッティ」も置いてあるようだ。

――久しぶりに昼からお酒を飲んでしまおうか、しかし緊急手術とかで呼ばれたらまずいかな……。

「んー、じゃあ白ワインにしようかな」

そう言った隆治の横に、誰かが立った。

「お二人さん、おひさ」

なんと、立っているのは向日だった。デニムのショートパンツから健康的に日焼けした足がにょきっと生えている。上には白いノースリーブを着ていた。

「え……」

「はっはっはー、葵ちゃん登場！」

「え、あれ……」

隆治は言葉が出ない。

向日のよく焼けた顔を見てすぐに隆治の頭に浮かんだのは、入院中に撮ったあのＣＴ画像だった。お腹の中の無数の小結節、そしてやはり無数の肺転移……。

――あの結果、夏生病院の主治医の先生から聞いたのかな……。

「葵ちゃん、ありがとうぅ！　座って座って！」

凜子は隆治にお構いなしに、向日を自分の隣の席に座らせた。隆治の顔色が一瞬変わったことは察しているようだった。

「来ちゃったー」

「嬉しいですぅ。先生、そういうことで、白ワインでいいですかぁ？」

「いや、そういうことでって……」

いつの間に凜子は向日のことを葵ちゃんと呼んでいたのだろうか。

「ごめんごめん雨野せんせ、私ね、凜子ちゃんに誘われて、サプライズで来ちゃったのだ」

にっこり笑う向日の、黒髪のショートカットに目が行った。

「あ、これ？　また短く切っちゃったんだ。かわいいでしょ？」

あははは、と笑っている。隆治は驚きすぎてまだ言葉が出ない。

「じゃあ頼んじゃいましょ。葵ちゃんはどうする？」

「私、これ」

凜子は水を持ってきたウェイターに三人分の注文をした。

「いや、でも驚いたな」

隆治はおしぼりでぎこちなく手を拭いた。

「すみません、先生を驚かせたくて」

そう言いつつも凜子は嬉しそうだ。

「えー、謝ることないじゃんー、こんなかわいい子たちに囲まれてランチなんだよ？」

「そうですかねぇ」

二人は楽しそうに話している。

隆治は口の渇きを感じ、ウェイターの持ってきたグラスを飲み干した。仏頂面をするわけにもいかない。

さりげなく向日の表情を観察する。しかし変わったところはない。

結果を知っているのかどうか、隆治は気になって仕方がない。ＣＴの結果を知っているということは、癌の勢いが強く、自らの予後がかなり厳しいと知っているということだ。

「ええと、いつから二人は仲がいいの？」

「うーん、こないだの入院のときからですかねぇ。退院したらランチ行こって話になって、フェイスブック交換して。ね」

「そっかぁ」

隆治の表情はまだ硬い。凜子は不安を覚えたが、向日の手前、まずかったかと聞くわけにもいかない。

「ええと、あのぅ……」

凜子が口ごもった。

　すると向日が口を開いた。

「ごめんね、先生。あのね、本来はこういうのダメだってわかってるの。私みたいな患者と病院の先生が親しくするってのは、限度があるとは思ってるの。でも、どうしても先生たちと話したくて、凜子ちゃんにお願いしちゃったんだ」

　隆治は内心、驚いた。何も言っていないのに、向日はそこまで察したのだろうか。それとも凜子が何か言ってあったのだろうか？　いや、それは考えづらい。

「ん、あ、いや」

　隆治は手元のお手拭きをいじっていた。

「……うーん、じゃあどうかな。ほら、私、かかりつけは先生たちの病院じゃないでしょ？　あくまで救急で二回お世話になっただけ。かかりつけは夏生病院なんだから。たまたま救急に来た患者さんが、たまたま知り合いになっただけ」

　凜子は不安そうな顔をしながらも、うんうんとうなずいている。

「……ま、確かに。まあ」

「せんせ、私ね、東京《こっち》に越してきてから全然友達いないのよ。地元、大阪《むこう》だったから。先生たちって、なんだかとってもいいんだもん」

「そうですぅ、雨野先生」

凛子の目が潤《うる》んでいるように見えたのは、隆治の錯覚だろうか、それとも本当に潤んでいたのだろうか。

——まあ、確かにそう言われればそうか……。

「ま、いっか！　とりあえず一緒に食べよう」

「ほんと？　ありがとう！」

「ありがとうございますぅ！」

二人は手を叩いて喜んでいる。なんだか口うるさい先輩になった気分だ。

ウェイターがサラダを各々の前に置いた。

「季節野菜のサラダです」

そして隆治の前には白ワインを、凛子の前にはモレッティを、向日の前にはノンアルコールのカクテルを置いた。

「じゃ、お昼だけどかんぱーい」

三人はカチリとグラスを合わせた。

「何に乾杯ですかぁ？」

「うーん、なんだろ、雨野先生に」

「あはは」

二人はコロコロと笑った。

「いや、じゃあ向日さんの退院に。ちょっと間、空いちゃったけどね」

「おー先生優しい。嬉しいなあ」

そう言うと隆治と向日はもう一度カチンとグラスを合わせた。


それからしばらくの間、三人はいろんな話をした。

話の中心は向日で、主に凜子と向日が話すのを隆治がうんうんと言って聞いているかっこうになった。隆治は自分が歳をとったような気分になった。黙って聞きながら、白ワインをちょっとずつ飲む。疲れ切っている体に少しずつアルコールが染みていく。隆治は、とりとめもない二人の話を聞くでもなく、胃から十二指腸に流れたワインが吸収されて血液の中にアルコールが入り、それが全身をめぐる中で脳を通り、少しずつ自分の頭を緩ませているのだ、と想像した。知識としてはそうだが、知っているからと言って酔わなくなるわけではない。

吹き抜けのレストランの二階部分にあるその席には、天井用の扇風機のようなものが回っていて、隆治たちの席に風を運んでいた。Tシャツから出た腕に、ひんやりした風が気持ちいい。そう感じるということは、やはり少し酔ってきたのだろうか。

酔いが回るとともに、「向日は自分の病状をどれくらい知っているのか」という気がかりは徐々に薄れていった。隆治はそれを自覚しながら、あえて放置した。これほど気持ちのいいせっかくの休日のランチに、考えたくなかったのだ。

しかし、向日の話し出した話題で、隆治は再び現実に引き戻された。

「……でね、二人に伝えときたいんだ」

「なんですぅ？」

「あのね、私がやっておきたいことって三つあって」

メインのパスタを食べながら向日は大きな目で言った。

──やっておきたいこと……。

「一つは、スカイダイビング！」

「えぇー！　怖くないですかぁ？」

凛子は苦手そうだ。

「次は、屋久島で屋久杉を見ること！」

「おぉ、私、行ったことありますぅ。学生の頃ですけど」

「えっ凛子ちゃんが？　意外！」

屋久島という単語を聞いて、隆治は鹿児島の大学生時代を思い出した。そういえば、あの神の島のような屋久島の、診療所で実習をしたのだ。白く長い髭の、仙人のような老人医師。しとしとと降る雨の島。

思い出話の一つでもしようか、と思ったが、ほろ酔いなこともあり黙ってトマトクリームソースのパスタを食べていた。クリームソースの奥に、かすかなトマトの酸味が感じられる。

「でね、第一位なんだけど……富士山に登りたいんだ！」

「えっ！」

隆治は思わず声をあげた。

「富士山？」

「うん、富士山。私ね、なんかあそこには神様がいるような気がするんだ。笑われちゃいそうだけど」

――神様。

隆治は、胸を槍で刺されるような衝撃を受けた。やはり知っている。向日は知っているのだ、自分の病状と、厳しい運命を。

「えぇ、ステキじゃないですかぁ」

隆治はグラスに口をつけると、最後の一口を飲み干した。凜子は気づいていないのだろうか。

「それでぇ、富士山登って、神様に会ってどうするんですぅ？」

「病気を治してってお願いするの」

向日は即答した。

「で、一日でも長く生きさせてって、お願いするのよ。神様にしかできないじゃない」

隆治は急速に酔いが醒めていくのを感じた。

急に真顔になってしまった隆治を見て、向日はフォローするように言った。

「あ、もちろん先生たちとか夏生病院の先生には感謝してるよ。先生たちがいなかったらもっと早く死んじゃってたもんね、私」

そう言うと、向日はグラスに口をつけて続けた。

「ごめんごめん、パスタ冷めちゃうから早く食べよ」

凜子もどうやらハッとしたようだった。表情がさっきまでと一変している。それでもなんとか雰囲気を取り繕おうと、

「富士山、登れるといいですねぇ」

とだけ言うと、うまくフォークでまとめたパスタを口に入れた。

それからしばらく三人は黙って食べていた。

カチャカチャと、皿とフォークが当たる音が隆治には大きく聞こえる。

——何か言うべきか……しかし……。

凛子も向日も黙ってしまっている。

隆治は言葉を探した。だが何も言えず、結局黙って味のしないパスタを口に運んでいた。

いったい、二〇歳ちょっとの若くてきれいな、自分の命があと一年もないと自覚している女の子になんて言葉をかければいいのだろう？

考えれば考えるほど、思い浮かぶ自分の言葉は薄っぺらに見えた。それくらいなら、何も言わないほうがよっぽどましのように思えた。

隆治は手元のグラスを見た。グラスがかいた汗のしずくは店内の白い壁に引かれたブルーのラインを反射していたが、しずくが落ちるとブルーも小さく散った。

ほどなくして、ウェイターがコースの最後のアイスクリームとコーヒーを持ってきたので隆治はほっとした。

「ちょっとトイレ」

逃げるように立ち上がり隆治が階段を下りると、階下で会計の前にいたのはなんと、上司の佐藤と背の高い男性だった。

＊

その日、佐藤は渋谷と待ち合わせをしていた。

店は佐藤が予約していた。

上野駅からちょっと行ったところにあるそのイタリアンの一軒家レストランは、内装の趣味が良く、味もしっかりしているので佐藤は気に入っていた。


一二時の待ち合わせに少し早く到着した佐藤は、「予約席」とプレートが置かれたテーブルの窓側の席に座ると、ざっとメニューを繰った。

冷製パスタ、ランチコースの肉料理、そしてランチにしては充実したグラスワイン。それらの文字を目で追いながら、しかし考えているのは渋谷のことだった。

一軒家風のこのイタリアンレストランの店内は吹き抜けで、二階にも一つテーブルがある。いくつもある大きな窓が、昼の日の光を店内に入れている。天井の白いシーリングファンはゆっくりと回転し、柔らかな風をノースリーブの二の腕に届けていた。隣のテーブルにはまだ誰もいない。その隣には若いカップルが大きなテーブル席に向かい合わせに座り、顔を近づけて楽しそうに話している。五席だけあるカウンターでこちらに白いポロシャツの背を向けて座っているのは、もう食後なのだろうか、コーヒーを飲んでいる日に焼けた男性だ。二階の席にもグループ客がいるようで、笑い声がわずかに聞こえてくる。

どこをどう見ても平和な店内で、佐藤は自分だけが浮いているような気がした。週に一度もこんな雰囲気の中に身を置くことはない。病院で白衣を着て、あるいは術衣《じゅつい》を着て死と隣り合わせの患者の間をめぐっている日常の自分からすれば、いまここにいること自体に違和感がある。そんなことを思うのが病的なのだろうか。

ふと店内の空気が軽くなったのに気づき、入り口を見ると背の高い渋谷が入ってきた。

すぐに佐藤に気づくと、笑顔で手を上げる。

「早かったね」

「うん、ちょっと用事もあったから」

なんとなくぎこちないのは、お互い気づいているようだった。

黒いエプロンのウェイターがすぐにやってきて、ご注文はのちほどで？　と尋ねた。

「私、決めちゃった、このトマトクリームソースのパスタで」

「じゃあ俺も同じので」

こういうちょっとした店にランチで来るとき、いつも二人はコースを頼んでいた。が、この日はどちらも言い出さなかった。ウェイターが行ってしまうまで待って、渋谷は話し出した。

「元気してた？　ちょっと久しぶり、だよな」

「うん」

「忙しかった？」

そう聞いて、

「いや、忙しかったに決まってるよな、ごめん」

と言うと渋谷は下を向いて自嘲気味に笑った。

「そうね。そっちは？」

「うん、そうだね、まあまあかな」

二つ隣の席のカップルが大きな声で笑ったので、佐藤はそちらをちらと見た。まだ大学生くらいだろうか。ガリガリに痩せた男子と、東京に出てきたばっかりといった風情の女子だった。テーブルの上で両手を繋いでいる。しばらく二人は見るともなくそのカップルをちらちら見ていた。

口を開いたのは渋谷だった。

「いや、参っちゃったよ、こないだ親から電話が来てさ。なんか会わせたい人がいるからとか言って」

「うん」

「聞いたら親父の友達の娘さんとか言うんだよね。参っちゃった」

ははは、と渋谷の声が響いた。

「え、なにそれお見合いってこと？」

「そういうんじゃないんだろうけどさ」

そういうのではないか、と佐藤は思った。

「ま、すぐ断ったけど、それが変わった人でさ、政治家の娘さんなんだって。しかも本人はお医者さんなんだと」

「へーなにそれ。面白い」

なんだかんだ言いながら興味があるではないか。そういう話を佐藤に平気でするこの男は、無神経なのか無邪気なのか。

そう考えて、そんなふうに感情が動いている自分に気づき、佐藤は恥ずかしくなった。もう長年付き合っているのに、まだそういう感情が湧くのか。

「お待たせいたしました」

ウェイターがパスタを持ってきた。乳白色のクリームソースには、マーブル模様のオレンジ色が混じっていて、トマトのいい香りが湯気とともに広がった。

「美味しい」

佐藤が呟《つぶや》くと、

「ほんと」

と渋谷が同意した。そのまま黙ってしばらく二人は食べ続けた。


なぜ渋谷は聞いてこないのだろうか、と佐藤は思っていた。「美味しい」とは言ったものの、三口目くらいからパスタの味がしない。香りはわかるから、きっと美味しいのだろう。しかし沈黙のまま、これ以上食べているのが苦しい。これは自分から口火を切るべきなのだろうか。しかしそういうものでもないような気がする。

すると隣の席に、女性二人客が座った。佐藤は直感的に、看護師だな、と思った。年齢、服装、髪の色、雰囲気から、そう感じたのだ。そう思うと、余計いまから話すことが言い出しづらい。

「じゃあお疲れだったんだねー、夜勤」

「うーん、あのじいちゃんの頻コール、ヤバかったよぉ」

　会話が聞こえてくる。「夜勤」という単語、患者がかなり頻繁にナースコールを押す現象を指す「頻コール」という単語から、やはり間違いなく看護師だった。こんなときに妙に勘が冴えなくてもいいのに、と佐藤は思った。

　渋谷はパスタを食べている。水を二口飲んだ。こちらを見るわけではないが、それとなく視界に入れているのを感じる。出方を窺っているのだ。皿とフォークが当たる音がする。

「あの」

「うん？」

　佐藤が話し出すと、渋谷は真面目な顔でまっすぐ佐藤の目を見た。

「こないだの話」

　そう言ってしまうと、佐藤はすうっとノースリーブの脇から背中に風が抜けたような心地がした。

「えっ？」

　渋谷は一度目を大きく開いたが、すぐに「あ、あれか」と続けた。すっかり忘れていたけどそういえば思い出したよ、というつもりなんだろうが、言いづらい話をするときはいつも渋谷はこんなふうだから、佐藤にはバレバレだ。何が「あれか」だ、今日はその話をするために来たのではないのか。

そう思ったものの、佐藤は話し始めた。

「あの、アメリカ行きのことなんだけど」

スパゲッティをくるくると巻いていた渋谷の手がピタッと止まった。

「うん」

「ごめん、私、行けない」

「えっ」

なるべく渋谷を傷つけたくない。そのためには、直球で言うのが一番いい。

「私、外科医の仕事、辞められないから」

渋谷がフォークを置いた。かちゃりという音がした。

口を開こうとする渋谷を制して、佐藤は続けた。

「二、三年のことなんだろうけど、中断もできないの。私、いまとても大切なところで、どうしても中断するわけにいかない」

一気に言うと、佐藤は水を一口飲んだ。

「二年だけ、休むってのは、どうかな？」

佐藤は驚いた。自分の言ったことは、聞こえていたのだろうか。

「それはダメなの」

「どうして？」

両手を広げてジェスチャーする。最近通っているという英会話教室仕込みなのだろうが、普段しないジェスチャーに佐藤はいらついた。

「外科医の修業は、手術の修業っていうのは、中断してはいけないのよ。それでは高みに登れないの。アスリートと一緒。トップアスリートは二年休んだら、復帰してすぐ前の状態になんかなれないでしょ？　それと同じなのよ」

渋谷は黙って、食べかけのパスタを見ていたが、やがて口を開いた。

「……そうか……アメリカで外科医やればいいんじゃない？」

「アメリカではできないの」

「どうして？」

「あのね、向こうには向こうの医師免許があって、それを取ったり、いろいろやらないと外科医としてなんて働けないのよ。ポストだって普通はないし」

少し考えていた渋谷は、

「じゃあ」

苦しそうな顔で絞り出すように言った。

「それを、アメリカで外科医をやるってわけには、いかないのかな」

佐藤は急に胸が苦しくなった。

あやうく大きい声を出しそうになったが、すぐに落ち着いてふう、と一息ついた。

「それをやろうとしたら、準備にまず二年どころじゃなくもっと長い時間がかかってしまうのよ」

「そうなのか」

学生時代、米国で医者をやることを夢見て米国医師国家試験を受けた同級生を思い出した。卓球部に所属する彼は確かに天才的な頭脳の持ち主だったが、医学生時代に米国の試験勉強にばかり時間を使ってしまい、なんと日本の医師国家試験に落ちてしまったのだ。内容は似ているとはいえ、試験勉強にはどちらも膨大な時間が必要だ。それをいまから働きながら受けて合格する。そんなことはできる気がしなかった。

渋谷は納得できないといった顔をしているが、他に言えることはあまりなかった。次はどんな説得が来るんだろう。そう思いながら佐藤は壁に彫られたイタリアの地図に目をやった。

「それでも、なんとかならないかな」

もはや渋谷に言えることは、それくらいしかなかった。

そのとき、佐藤の携帯電話が鳴った。

「ごめん」

すぐ音を消そうとすると、ディスプレイには牛ノ町病院の番号が表示されている。あえて電話帳には登録していないが、休日も夜間もしょっちゅうかかってくるため、番号は覚えてしまっている。こんなときに、と思ったが、電話に出ないわけにもいかない。

「ちょっとだけごめん」

そう言うと、佐藤は携帯電話を持って席を立つと、急いで店から出た。

「もしもし」

「先生すみません、当直中の内科の島田《しまだ》なんですが……」

佐藤は嫌な予感がした。

隆治や凜子でなく、直接自分に救急外来から電話が来るということは、そういうことだ。

「ちょっと消化管穿孔っぽい人がいまして、お電話してしまいました。休日にすみません」

「あ、いえ。どんな感じですか？」

確か島田は佐藤より少し若いが、なかなか優秀だったはずだ。

「ええと、お腹はすでに硬くてですね……まだショックにはなってませんが、危ない雰囲気です。九二歳なんで。すいません、外科の若い先生たちにも電話したんですが、繋がらなくって先生に」

「わかりました、じゃあすぐ行きますので」

「すみません、ありがとうございます！」

電話を切ると、そのまま隆治の携帯電話にかけた。

プルルルル　プルルルル
六回コールしたが、出なかった。もしかしたら病院にいるのかもしれない。

どちらにせよ、とりあえず急いで行って、手術しなければ救命ができなくなる。

こんな日に、と佐藤は思った。

いや、こんな日だから、なのかもしれない。

しかし心を整えてから席に戻らなければ。店の扉を開ける前に、一度大きく深呼吸をする。高校時代の弓道部で習った呼吸法の「息合い」が、外科医になってからもしょっちゅう役に立っている。腹の下を意識して大きく深呼吸をした。

扉を開けると、真ん中の席にいる二人組の女性の一人がこっちを見た。自分たちの話し声は丸聞こえだったのだろう。渋谷はテーブルに肘をついたまま顔の前で両手を組んでいる。

一瞬、あの席に戻りたくないな、と思った。慌てて打ち消す。早く病院へ行かねば。

そのために、あの席に戻らねばならない。

「ごめん」

「うん、病院？」

「うん」

「大丈夫？」

大丈夫ではない。いま牛ノ町病院では、九二歳の男性だか女性だかが腹痛に悶《もだ》え、血中にはエンドトキシンという物質がめぐり始め、肝臓や腎臓、肺などがダメージを受け始めているのだ。一秒でも早く腹を開け、腹の中に広がった糞便を手で掻き出し、大量の水で洗わなければ患者は死んでしまう。

一瞬で考えたが、すぐにそんな思考を頭の奥に引っ込めた佐藤は、

「うん、ちょっとなら」

と答えた。渋谷の顔がさっと曇ったのを、佐藤は見逃さなかった。こんな大切な話をしてるのに、ちょっとならってなんだよ、とでも思っているのだろうか。

「そうか。あのさ」

渋谷は一度天井を仰いでから言った。

「もう一度じっくり話さないか。大切な……」

「話しても変わらない」

遮って言ってしまってから、佐藤はキツすぎる言い方だったと思った。病院のことが気にかかっているからだろうか。

「ごめん。でも、変わらない」

ごめん、ともう一度付け加えた。

「でも、アメリカに行くことはできないの。私は日本で外科医としてやっていきたい。まだまだ一人前じゃないから」

「そうか……」

渋谷は顎を触り、少し黙って考えてからこう続けた。

「いつになったら一人前なの?」

その渋谷の質問は、もはや今日の話し合いとは関係がなかった。負け惜しみのように、嫌がらせで言ったようでもあったが、案外本質的なその問いに佐藤は困った。

「それは……わからない……けど」

佐藤の頭に上司の岩井が浮かんだ。岩井は確か医者になって二〇年目くらいだったはずだ。それで一人前なのだろうか。

「玲ちゃん、それがわからないんなら、いつまで修業するかもわからなくない？」

まったくもって意地悪なだけの質問だったが、佐藤は答えに窮した。

「…………」

「だったら、二年くらい休んでアメリカ行ってもいいんじゃないか」

そういう問題じゃない、と佐藤は言いたかった。どうしてわからないんだ、私の気持ちが。いま喋ると声を荒らげてしまいそうで、佐藤は窓の外に目をやった。見えるのはウッドチェアのテラス席だが、誰もいない。

「そうもいかないの。いま中断するわけにはいかないのよ」

「それじゃ納得できないよ。理屈が通ってないもん」

「理屈なんかじゃないのよ」

あなたは外科医じゃないからわからない、そう喉元まで出た言葉をぎりぎり呑み込んだ。代わりに、鼻から息を吐いた。

佐藤はふと先ほどの電話を思い出した。いまは時間がないのだ。こんなことをゆっくり議論している場合ではない。しかしもう一度会って同じ話をするのも嫌だった。

「ごめん、行く」

佐藤は食べかけのパスタをそのままに、席を立った。バッグから財布を出そうとすると、

「いいよ、俺も出る」

と言って席を立った。隣の二人組がちらちら見ているが、お構いなしにレジに行った。

会計をしているところで佐藤が再び財布を出すと、「ここはいいから」と渋谷が制した。カードで支払いをしている。

「お食事、合いませんでしたか」

「いえ」

ウェイターも気まずそうだ。

ちょうどそのとき、階上から階段を下りてくる男性と目が合った。

「えっ！」

隆治だった。

＊

「先生、どうしたんですか！　お疲れ様です！」

大きな声で隆治が挨拶をする。隆治はちらっと佐藤という男性を見ると、軽く会釈をした。

「あれ？　上にいたの？」

「はい、そうなんですよ！」

言ってから、隆治はまずいと思った。凜子だけでなく、患者の向日も同席しているのだ。知ったら佐藤は怒るに違いない。

「ちょっと、みんなで……」

そうお茶を濁したが、佐藤は突っ込んでこない。男性はカードで支払いをしているが、どうにも妙な雰囲気を感じた。

「雨野、携帯電話って今日持ってる？」

「……え？　携帯ですか？　持ってますけど」

「病院から電話、来てない？」

えっ、と言って隆治が確認すると、確かに病院と佐藤から着信があった。二〇分ほど前だった。

「あれっ！　まずい」

「穿孔《パーフォレーション》だって、救急外来《きゅうがい》にいるらしい」

「あ……もしかして先生に電話行っちゃいましたか？　すみません！」

ということはすぐに病院に行くということになる、と隆治は酔った頭を回転させた。

「うん、いまから行くから一緒に行こうか」

「わかりました、すぐ荷物取ってきます」

そう言うと隆治は階段を駆け上がった。上にいる凜子と向日に、

「ごめん、ちょっと病院に呼ばれちゃって、すぐ行かなきゃならないんだ」

と言った。

「えっ、先生どうしたんですかぁ」

赤い顔の凜子が言った。一瞬、佐藤がいることや穿孔のことを言おうか迷ったが、いまは向日もいる。言うのはやめておいた。

「あ、先生はいいから。本当にいいから、向日さんと食べてて。ごめん」

と言うと、じゃあ、と慌ただしくカバンを持った。凜子は不満そうだったが、酔って

いたからか、向日の手前だからか、それほど追及してこなかった。何かを察してくれたようだ。

階段を駆け下りるが、階下のレジ前にはもう佐藤と男性はいない。

急いで扉を開けて出ると、二人は店から少し離れたところで立って話していた。

「じゃあ、行くから」

隆治に気づいた佐藤がそう言うと、男性は何か言いたそうな顔を一瞬し、いきなり佐藤を抱きしめた。

——えっ……。

佐藤は緩やかに男性の手をほぐすと、そっと離れた。ほんの数秒のことだった。

呆気《あっけ》にとられる隆治に「行こう」と言うと、大通りに向かって歩き、すぐに手を上げて黄色い車体のタクシーを拾った。

隆治は慌てて付いていくと、タクシーに乗り込んだ。バタンという音とともにタクシーのドアが閉まり、車が発進した。

車内で隆治は何も話さなかった。重い沈黙が車内を覆う中、時折佐藤が小さく鼻をすする音が聞こえたが、気づかないふりをした。

病院に着いた二人は、そのまま九二歳の患者の緊急手術をし、その日は病院に泊まることになった。

＊

その日の夜、佐藤は誰もいない医局でパソコンを見ていた。交通事故患者の対応をしていたら暗くなってしまい、帰宅するのが面倒になったのだった。

渋谷から佐藤のもとにメールが来ていた。

「今日は話をしてくれてありがとう。とても残念だった。別れたあと、上野の街をぶらぶらと夕方まで歩いた。アメ横の商店街にはとてもたくさんの人がいたんだけど、雑貨屋に入ったらおばあさんが中にいたんだ。腰が九〇度に曲がって、目もあんまり見えてなさそうなおばあさんだった。これじゃ万引きされそうだ。そのおばあさんを見ていたら、君はこういう人の命を救うために働いてるんだな、と思った。今日もそういう人のことで呼び出されたんだよね。

君の幸せを考えたら、何がいいのかわからない。でも、僕は君に待っていて欲しいな、と思う。傲慢だ。そう、勝手。でも、二年したら僕は帰ってくる。もしできることなら、待っていて欲しい。そして、そのときまたプロポーズさせて欲しい」

佐藤はふう、と息を吐くとノートパソコンを閉じた。

何が幸せなのかなんて、自分だってわからない。それをいくら恋人とはいえ人に決められるはずがない。自分でも傲慢と書いていたけれど、渋谷は傲慢だ、と佐藤は思った。待っていて欲しい、と彼は言った。自分はきっとその頃も外科医をやっているだろう。こうやって、緊急手術で食事中に呼ばれて、土日でも関係なく病院に泊まったりして。

このメールに返事をしたほうがいいのだろうか。それさえ佐藤にはよくわからない。ただ一方的に「待っていて欲しい」と言う渋谷の身勝手さは、むしろ少し嬉しくもあった。そう思うと、自分が余計わからなくなる。

(アメリカ、行ってみる?)

そう佐藤は頭の中で自分に問うてみた。仕事を辞め、専業主婦としての毎日。朝起きてから夜寝るまで、何をすればいいのだろう。暇にあかせて日がな一日本でも読むのだろうか。とはいえ、国が違い言語も違うのだから、それほど楽なことではないのだろう。

スーパーのレジで言葉が通じない、レストランで思っていたものと違うものが出てくる……。

佐藤の想像の範囲内のトラブルは、どれもたいしたものではない。それよりも持て余す時間と、刺激のない日々――それは手術のない日々と言ってもいいかもしれない――に苛《さいな》まれる自分を考えただけで、身が震えてくるような気がした。それでは何のために生きているのか、わからないとさえ思えてくるのだ。

このあいだ会った元同級生の鷹子は、妊娠や出産の話をした。そして「産婦人科医やってると、まあ子供は早めにってのは思う」とも。自分の年齢からして、そろそろそういうことも考えなければならないのか。いっそ男だったら、そんなことを一ミリも考えずに手術だけをやっていられるのに。

そう思いながらも、あのとき鷹子が寝てる子供に対してちらっと見せた、慈愛の表情を思い出す。あの鷹子があんな顔をするということは、もしかしたら、いや、きっと、幸せなことなんだろう。仕事を週三回にして、冗談みたいに安い給料でやっていても、満ち足りているんだろう。

でも、そんなことはいまは考えられない。一人前の外科医になるために、ずっとやってきたのだ。これからもずっとやっていく、それ以外の人生は自分の人生ではない。そう自分に言い聞かせて、進むしかない。

誰もいない静かな医局で、佐藤はいつまでも考え続けていた。

＊

「それでは、牛ノ町病院外科の雨野隆治先生、お願いいたします」

座長席《ざちょう》に座ったどこかの偉い先生がそう言い、隆治はマイクで話し始めた。冷房が利いてひんやりとした室内では、二〇人ほどの聴衆が隆治の作った一枚目のスライドを見ていた。

「よろしくお願いいたします」

＊

七月に入ってからというもの、隆治は肉体的にも精神的にも追い詰められていた。岩井に発表するように言われていた学会が、第二週の木曜日から始まる。それに備え、どんなに忙しい日でも夜になると医局でパソコンを覗き込み、必死に発表用のスライドを作っていた。

早くても〇時、遅いときは午前二時近くまで準備をする。ときどき岩井に提出しては、指摘されたところをまた直し、また岩井に提出していた。

隆治は徐々に疲れがたまってきていた。しかし、生来隆治には一度夢中になると他のことを忘れる癖がある。毎日統計のこと、スライドのことを考え続けた。

ようやく発表用スライドが完成したのは、学会が行われる京都へ出発する前日の夜中だった。それも、夕方に岩井に厳しく突っ込まれたものを修正し、なんとかでき上がったのだ。

翌朝、隆治は五時に起きた。まだ涼しい早朝に病院に行き、患者の状態が安定していることを確認してから、東京駅七時ちょうど発の東海道新幹線に乗り込んだ。

普通席に座り、ふう、と一息つく間もない。新幹線では、発表のときの質疑応答に備えて類似の研究の論文を読み込む必要があったのだ。質問に答えられず、恥をかくわけにはいかない。そのために英文論文を三つ、印刷してカバンに入れていた。

慣れないスーツで黙々と読み続ける。そうかと思えば、ノートパソコンを開いて小声で発表の練習をする。数字の半角と全角が交じっていることに気づき、修正をする。隆治は朝食をとることも忘れていた。

気づくと「次は京都です」というアナウンスが車内に流れた。なんとか三本の論文をざっと読んだ隆治は、京都駅で新幹線を降りると、そのまま地下鉄で国際会館へと向かった。

国際会館に着き、隆治は学会参加費の一万五〇〇〇円を支払い、名札に自分の名前を書いて胸からぶら下げると佐藤に電話をして待ち合わせた。前日から京都入りしている佐藤から、着いたら連絡をするようにと言われていたのだ。

「おはよう」

佐藤はグレーのパンツスーツに、いつものポニーテールだった。

「あ、先生おはようございます」

レストランでばったり会ったあの日以来、佐藤とは会話はするもののどことなくぎこちないやり取りが続いていた。隆治は、なんとなく避けられているような気がしていた。しかしこの日の雰囲気はずいぶん違っていた。いつもの病院から遠い地だからだろうか。

隆治の発表は一一時過ぎからだった。初めての発表だったので勝手がわからず、発表スライドのデータを登録するところは、佐藤に教えてもらった。佐藤は手慣れたものだった。おそらく何度も学会で発表しているのだろう。

すぐに発表の時間になった。隆治が発表するセッションは「大腸癌・高齢者2」という名で、高齢の大腸癌患者の治療について議論をするところだった。部屋はそれほど大きくなく、この京都の国際会館では一番小さい部屋だった。四〇人くらいが座れるスペースだ。隆治はほっとしつつ佐藤と部屋に入ると、岩井を見つけたので隣に座った。

「よう、間に合ったか」

「はい、ありがとうございます」

「バッチリだな」

「え、あ、はい」

全然です、自信ありませんと言いたいが、一〇往復以上もメールでみっちり指導してくれた岩井にそんなことは言えない。

「本当は発表前に一杯やると舌の滑りがいいんだがな」

にやっと笑い、お猪口をクイッと動かす仕草をした。

隆治は岩井の冗談なのか本気なのかわからない発言を聞き流し、ノートパソコンを開くとスライドの最終チェックを行った。

「それではみなさん、『大腸癌・高齢者2』のセッションを始めます。座長で増永《ますなが》記念病院の橋本《はしもと》と、宮脇《みやわき》先生です」

座長席に座った中年男性が喋り出して始まった。部屋は真っ暗になった。

隆治の発表は七人中四番目だった。

一人目はかなり九州なまりのある、六〇歳くらいの医師の発表だった。ガチガチに緊張しているのが目に見えてわかるほどで、見ている隆治まで緊張した。

二人目は、北海道の病院に所属する若い長髪の男性だった。発表しながら、「えーとですねえ」というのが彼の口癖らしく、聞いていた隆治はそれが気になって内容は全然頭に入らなかった。その男の発表が終わり、隆治は席を立つと一番左前の「次演者席」と書かれた席に座った。これも佐藤から前もって教わっていたのだ。

次演者席に座ると、隆治は途端に体がこわばってきた。あと一〇分以内に自分の発表が始まってしまう。そう考えると、たくさんの心配がもぐらたたきのようにひょこひょこと顔を出す。

時間は超過しないだろうか。新幹線でリハーサルしたときは、ちょうど持ち時間いっぱいの五分だった。もしかすると焦って早口になり、時間よりはるかに早く終わってしまう可能性もある。ちょうどいい速さで発表しなければ。そして途中、噛まずにうまく話せるだろうか。滑舌がいいほうではない。そして一番心配なのは、二分間取られている質疑応答の時間だ。どんな厳しい質問が飛んでくるのだろう。うまく答えられるだろうか。

そんなことを考えていると、まったく発表が耳に入ってこない。あっという間に前の人の発表と質疑応答は終わってしまった。

隆治は立ち上がると、壇上に上がった。演者用の高いテーブルにはノートパソコンがあり、自分の作ったスライドがすでに表示されている。

「それでは、牛ノ町病院外科の雨野隆治先生、お願いいたします」

座長席に座った偉い先生がそう言い、隆治はスタンドについているマイクで話し始めた。

「よろしくお願いいたします」

その言葉から始まった五分の発表中、隆治は真剣そのものだった。学会は点数がつくわけではないし、発表が合格とか不合格といった評価を受けることもない。しかし、初めての発表だから素人っぽい、というのは嫌だった。だから準備もずっと毎日遅くまでやってきたし、ギリギリまでスライドを修正したのだ。

隆治は饒舌《じょうぜつ》に、かつ大げさにならないように注意深く話した。喋るスピードが速くなりすぎず、遅くなりすぎないよう。なるべく聴衆のほうを向いて、顔を上げて。

発表のあいだ、どこか手術と似た緊張感だなという気持ちがよぎった。一度限りの、時間的制限もあるなかで、失敗が許されない、という点で似ているのだ。そう思うと、終わってしまうのが寂しくもある。隆治は夢中で喋った。最後のスライドになると、胸が締め付けられるのを感じた。

質疑応答になった。

「それではフロアのどなたか、ご質問はございませんか」

座長が言うと、一人の中年男性がすでにフロアのマイクの前に立って手を挙げている。

「素晴らしい御発表をありがとうございました。山田《やまだ》病院の長嶺《ながみね》と申します」

そう決まり文句を言ってから、その男性は隆治の研究について質問した。

「大変興味深い研究だったのですが、一つご質問があります。先生のご研究では高齢者の手術をかなり積極的にしておられるように思うのですが、これは先生のご施設の方針ということでよろしかったでしょうか」

慇懃な言い方は特段嫌味というわけでもなく、穏やかな口調だった。しかし隆治には、返答が思いつかない。牛ノ町病院でしか働いたことがないため、「積極的」なのかどうかもよくわからなかった。しかし何か言わなければならない。

「……えと、あの、うちの病院ではですね……」

そう言いかけたとき、

「座長、ちょっとよろしいですか」

という声が聞こえた。岩井がいつの間にか会場内の別のマイクのところに立って喋っている。

「はい、どうぞ」

「共同演者の岩井と申します。ご質問ありがとうございます。おっしゃる通り、当院ではかなり積極的に高齢者の手術を行っております。まぁ地域的な背景と申しますか、東京の下町エリアでかなり高齢者が多いもんですから。それと、以前うちで術後の合併症を比較したんですが、高齢者でも若い人でもどんぐりの背比べといった結果だったので、まあやろうという方針です」

淀みなく一気に、それでいて威圧感なく言い切った岩井の発言だった。質問者は一礼して着席した。

「……その他、よろしいですか？　では、ありがとうございました」

座長がそう言い、隆治は壇上から降りた。岩井の隣の席に戻り、座った。岩井の顔を覗き込むようにして、小さく会釈をした。岩井は口を真一文字に結んで、わずかにうなずいただけだった。隆治はスーツの上着を脱いだ。背中じゅう汗びっしょりだった。

隆治は頭がカッカしていて、次の発表がまるで頭に入ってこない。隣の岩井も、その隣の佐藤も何も言わない。何か、評価を言って欲しいと隆治は思った。しかし他の発表中だからだろうか、何も言わない。

結局、そのセッションの最後の発表まで隆治は落ち着かないままだった。自分の発表はどうだったのだろうか。質問に答えられなかったことに、岩井は怒ってはいないだろうか。

セッションが終わり、会場内が明るくなると隆治はすぐに言った。

「岩井先生、ありがとうございました！」

「うん」

岩井の反応は薄い。

「ま、まあまあだな。質問《あれ》、答えるのはまあ無理だ」

隆治は一気に全身の力が抜けていくのを感じた。

「発表、上手かったじゃん」

佐藤も穏やかな表情だ。

「ありがとうございます」

「さ、飲み行くか！」

岩井が嬉しそうに言うのを、

「先生、まだ昼ですよ」

と佐藤が諫《いさ》める。

「そういえば、今年もあったな、直腸異物セッション」

岩井がニヤニヤしながら言った。

「えっ、そんなのあるんですか？」

「雨野、知らないの？　毎年あるんだよ。今年はあの直腸異物の穿孔の人のやつ、出そうかと思ったんだけど」

佐藤が真面目に言う。

「まあ、あれは切り口がねえだろ」

岩井が言った。

「そうですね」

――あれか、凜子先生が救急外来で受けた松田さんのことか……。

「いや、見に行きたかったです」

「まあふざけたセッションだけどよ、けっこうあれ勉強になんだよ。肛門から入れた缶を、どうやって手術せず腸も破らず抜くか、みたいな」

「そうですね。ワインオープナーとかありましたね」

学会で、そんなことが議論されているとは夢にも思わなかった。

「ま、とりあえずメシだな！」

国際会館を出ると、強い陽射しがコンクリートに照り返していた。古都のむっと暑い空気が隆治たちを包む。冷房でキンキンにこわばった関節が温まっていく。

――やっと終わった……初めての学会発表……。

毎日遅くまでパソコンの画面を睨みつけていたこと。何泊も医局に泊まり込んだこと。それらがすべて終わったと思うと、すっきりするとともにどこか寂しさが心に湧いてくる。

ついに自分は一人前の医者になったような心地がする。同期の川村には水を開けられているけれど、これが自分の第一歩だ。

――また、発表したいな。

三人は並んでいるタクシーにいそいそと乗り込んだ。

「じゃ、先斗町《ぽんとちょう》に！」

タクシーは、熱くなったアスファルトの小石を飛ばして勢いよく走り出した。

＊

「ねえ、何やってるの」

さっきまでイヤホンをつけて音楽を聞きながら寝ているとばかり思っていたはるかが、そう尋ねてきた。

「あれ、起きてたの」

「うん、いま起きた。このシート、せまくって。まだかなあ、南国」

隆治とはるかは羽田空港発、鹿児島行きの飛行機に乗っていた。二人の夏休みのタイミングを合わせて、一緒に鹿児島旅行に行く計画を立てたのがつい先月のことだった。相変わらず月に一、二度しか会えないので、勇気を出して夏休みを上司の佐藤に申し出たところ、

「は？　いいよ」

とあっさり許可をもらったのだった。

「ねえ、何、そのグラフ？」

窓側の席に座っていたはるかは、隣の隆治のノートパソコンを覗き込んできた。

「あ、えと、これはね、こないだ学会で発表したスライドだよ」

「ふーん。いろんなことやってるのね、私に言わないで京都行ったときのやつね」

隆治は学会で京都に行くことをはるかに伝え忘れていて、現地からメールで伝えたのだった。

「えっ、いやゴメン」

「うそうそ、こうして鹿児島連れてってくれるんだからよしとしよう」

そんな話をしばらくしていると、機内のアナウンスがもうすぐ着陸態勢に入ることを告げた。次第に飛行機の高度が下がってくるのが、鼓膜の詰まりで感じられる。

「ねえ、すごいよ」

はるかは覗き込むように小さな窓の外を見ている。白いワンピースの胸元には、小さいネックレスが光っていた。

「海、青いね！」

「そうなんだよ」

「海岸線がきれい……なんか地図を上から見てるみたい」

はるかは興奮している。隆治からは見えないが、きっと薩摩半島が上空から見えているのだろう。この季節はきっと海も青いから、さらに鹿児島県の形がよく見える。地図で見ると、薩摩半島と大隅半島が「歩いている魔女の足のようだ」と言ったのは小学校の先生だっただろうか。

いよいよ着陸する段階になると、はるかは隆治の手を握ってきた。ガクンという衝撃とともに、飛行機は鹿児島空港に着陸した。

飛行機から降りて空港に入る。

「やった！　初めての南国！」

はるかは嬉しそうに、周りをキョロキョロ見回している。

「なんか……暑い！　もわっとするね！　さすが南国ね」

「うーん、そう？」

空港内だから、鹿児島だからといってそれほど関係ないと思ったが、言われてみると暑い。

「えー、面白い！　焼酎の広告ばっかりだ！」

三岳、黒伊佐錦、白波といった、鹿児島では普通に飲まれる芋焼酎の大きなポスターたちが、隆治たち二人を迎える。

空港を出ると、むっとした熱気が感じられ、隆治はようやく鹿児島に帰ってきたという実感がした。前回帰ってきたのは父の初盆だったから、ほぼ一年ぶりになる。慣れた足取りで隆治がエスコートする。はるかのバッグを持ってあげようかとも思ったが、なんだか恥ずかしくてやめておいた。

「なにこれ！　足湯？」

「そう、足湯」

はるかは空港の建物を出たすぐのところにある足湯を見つけ、入りたがった。いくらなんでも七月の陽気では暑いので、隆治は止めた。はるかはすぐに納得したようだった。

「ねえ、本当に南国交通なんでしょうね」

昔、はるかに説明した内容を覚えていて、鹿児島の話になるたびに隆治に聞いていたのだった。

「本当だよ、ほら」

隆治が指差す先のバス。ヤシの木の絵が大きく描かれたそのバスには、はっきりと「南国交通」と書かれていた。

「本当！　本当だったのね！　すごいじゃない！　自分で南国って言い切っちゃうなん

て!」

はるかは大はしゃぎしている。

「ごめんね、疑って。だって、南国交通なんて冗談みたいだったから」

リムジンバスに乗り込むと、はるかは機内と同じように窓側に座りたがった。

「なんと言っても南国交通なんだから」

そう言うと、にんまり笑った。その割には、バスが発車し高速道路に入るとすぐに寝てしまった。

途中、車窓から左側に大きな桜島が見えた。晴れた空にどっしりと横たわる、黒褐色の山肌。見ていると不思議と、父の小さい背中を思い出した。

バスは五〇分ほどして天文館に到着した。二五〇年ほど前に、藩主である島津の殿様が設置を命じた天文観測所の「明治館」に由来を持つここは、大きくはないが、それでもいくつかの商店街が連なり大きなデパートもある鹿児島一の繁華街だ。

「え、なにここ! すごい都会じゃん!」

到着する寸前まで深く眠っていたはるかだったが、バスから降りると大きく伸びをして言った。

「えー、なんか、吉祥寺みたい」

「そう？」

吉祥寺というのがどれほどの評価なのか、行ったことのない隆治にはわからなかったが、褒められてはいるようなので嬉しかった。

「全然田舎じゃないじゃん。もっとさ、牛とか馬とかが歩いてて、焼酎の工場があるのかと思った」

「まあね。じゃあ、とりあえず実家に行くよ」

「うん。緊張するなー」

前もって、到着したらまずは隆治の実家に挨拶に行き、そのまま兄と父の墓参りに行くことになっていた。驚くことに、はるかのほうからその旅程の提案があったのだ。

二人は市電に乗り込むと、電停の騎射場《きしゃば》へ向かった。その間もはるかは物珍しそうにあたりを見回しては、「車掌さんなまってるね」とか「あの人すごい、眉毛太くて西郷さんみたい」などと小声で隆治に報告をしていた。とくに緊張はしていない様子だった。

小さな市電が騎射場の電停へと滑り込む。がたがたと音を立て、古い市電の扉が開いた。二人は降りると、歩き出した。

「暑いのね、南国は」

七月の鹿児島の陽射しは東京のそれとは違って強く、二人の腕をじりじりと焼いた。

「すぐだから、ここから」

その通り、隆治の実家はすぐにあった。古い木造の「薩州《さつしゅう》あげ屋」は、看板はそのままに、父の亡きあとも母が細々とさつま揚げ屋を続けているのだった。

「母ちゃん、帰ったよ」

隆治が店に入ると、客は誰もいなかった。「母ちゃんー」大きい声を出すと、エプロンを着け三角巾を頭にかぶった母が奥から出てきた。

「これはこれは」

「ただいま。はるかちゃん、連れてきたよ」

隆治がそう言うと、母はにっこりと笑って首から下げたタオルで口元を拭いた。

「はるかさん、初めまして。よう遠くから。うちの隆治がお世話になっております」

そう言うと深く頭を下げたので、はるかも慌てて頭を下げた。

「隆治さんのお母さん、初めまして。はるかと申します」

「ほんによう来てくれました。さあ」

そう言うと、奥にある喫茶スペースに座るよう促した。

「いまお茶を入れますので」

一度母は引っ込むと、すぐに小さい盆に麦茶を載せて出てきた。

「ごめん、ありがとう」

グラスは湿り、麦茶に浮かぶ氷は半分溶けていた。もしかして、来る時間に合わせて麦茶も準備をしていたのだろうか。母も座る。

「よくまあこんな遠くまで、はるかさん」

「いいえ、私がどうしても来たいと言ってお邪魔したんです」

「田舎でなんにもないところだけど、まあ桜島でも見てくださいね」

「ありがとうございます、九州は初めてなので、たくさん観光します！」

二人が話すと隆治が口をはさむ隙がない。

「あの、母ちゃん、今日このまま墓参り行こうかと思って」

「ええ、今日かね？　暑かよ。そげん無理せんでもよか」

母が急に鹿児島弁になったので、隆治は笑ってしまった。

「うん、夕方の涼しい時間ならいいかと思って」

「そうかね。そしたら、タクシー使えばいい」

そう言ったところで、店にお客が入ってきた。

「ごめん、ちょっと。はい、いらっしゃい」

そう言うと、母は立った。机に手をついてよいしょ、と立ち上がる。

——母ちゃん、また歳とったな……。

店内を見回すと、なんだか隆治には広く感じられた。父が亡くなってから二年近くが経つ。父のいない店内を見るのは二回目だった。

二階へと上がる階段が目に入る。ちくりと胸が痛む。


それから母は客の対応をしていたので、しばらく休んでから隆治は電話でタクシーを呼んだ。ものの一〇分ほどでタクシーはやってきた。客の対応をしている母に、

「じゃ、ちょっと行ってくる。お参りしたら帰ってくるよ」

と告げると、大きい荷物は置いたまま二人はタクシーに乗った。


「お母さん、いいの？」

「うん、大丈夫大丈夫」


それから乗り込んだタクシーでは、運転手がやたらと話しかけてきた。あのさつま揚げ屋の息子か、旦那さんはちょっと前に亡くなったのか、という話から、今年は桜島の

降灰がひどい、県知事選挙がもうすぐだ、という話まで多岐にわたったが、強い鹿児島なまりのため、はるかにはほとんど理解できなかった。隆治ははるかの前で鹿児島弁を使うのが恥ずかしかったから、標準語で話した。

二〇分ほどして、その墓地に着いた。洗うための桶と柄杓《ひしゃく》を取り、桶に水をたっぷりと入れると墓を探した。

「ええと、左にまっすぐ行って、それから二つ目を右、だったかな……」

「なにー、アメちゃん覚えてないの？」

からかうはるかも、心なしか緊張しているようだ。

「あった！」

隆治は声をあげた。墓石には「雨野家之墓」と書かれていた。周りの墓石と比べるとずいぶん古びている。

「兄ちゃん、父ちゃん、久しぶり」

隆治はそう言うと、墓石に触れた。砂埃《すなぼこり》がついている。

「ごめんな、一年ぶりになっちゃって」

はるかは後ろで黙って立っている。

「今日はな、彼女を連れてきた。紹介させてな、はるかちゃんだ」

はるかが墓石の前で頭を下げた。長い黒髪がさらりと顔にかかる。

「お父さん、お兄さん、初めまして。はるかです。アメちゃんと」

そこまで言ってはるかは言い直した。

「隆治さんと、お付き合いさせていただいています」


不意に一条の風が吹いた。はるかの黒髪が揺れた。

「はるかちゃん、こんなところまでありがとう。兄貴も父ちゃんも、喜んでるみたい」

それから隆治は、桶の水を柄杓で墓石にかけた。水が跳ね、夕日と言うにはまだ少し早い陽の光がきらきらと反射した。

はるかはかがんで雨野家の墓の周りのゴミ拾いをしている。白いワンピースのスカートが地面に着いているのを見て、隆治は「汚れちゃうよ」と言った。

「そんなこと気にしなくていいのよ」

「ありがとう」


「よし、これでいいかな。じゃあお参りしよう」

「はい」

隆治は線香を忘れたことに気がついたが、言わずに手を合わせた。目をつぶる。はるかも隣で手を合わせている。

すると、隆治はこの小高い丘の上の墓地にいるのではなく、たった一人で周りと遮断されたような心地がした。次第に周りの音が聞こえなくなる。はるかもいつの間にかいなくなったようだ。

静けさが隆治を包む。頬を汗が垂れる。

二年前の夏。機上から見た薩摩半島。古びた市立病院のくすんだ白い壁。ぼさぼさの頭をした医師の疲れた顔。リリリリリンというアラームの音。「もう戻らないと思います」という言葉。

父は、あのようにして突然逝った。父親が病気になったというのにロクに帰省もせず、電話さえしなかった一人息子に、「立派な医者になってくれれば、おいの人生はこいでよかち」と言った父。

続いて、幼少期の兄。ぐったりと動かなくなった兄。泣きながら母を呼びに駆け下りた階段。兄は死んだと父に聞き、葬式が終わったあとの、何も食べなかった三日間の空腹。すべての記憶に蓋をし続けた二〇年。

気づくと、隆治の目からは涙が流れていた。顎をつたい、地面に涙のしずくが落ちるその音で、隆治ははっと我に返った。

目をTシャツの袖で拭い、はるかを見る。すると、はるかはまだ目をつぶって手を合わせていた。

――どれくらい、手を合わせてたんだろう……。

隆治はもう一度袖で涙を拭った。

「ごめん、はるかちゃん」

はるかは目を開けた。

「うん」

「じゃあな、兄ちゃん、父ちゃん、また来るからな」

そう言うと、二人は墓地を後にした。

＊

実家に着くと、待ちわびた顔の母が再び出迎えた。客はいなかった。

「どうだったね」

「うん、まあ」

「暑かったろ」

「うん」

はるかが後ろから言った。

「ありがとうございました、大切なお墓にお参りさせてもらっちゃって」

「いいえいいえ、こちらこそ、遠くから来たのになんのお構いもせんでお墓参りまでしていただいて、本当にありがとうございました」

母がゆっくり頭を下げる。

「母ちゃん、もういいから」

「そうかい。じゃあお茶を持ってくるんで、かけて待っちょって」

そう言うと母は引っ込み、しばらくしてまた氷入りの麦茶を持ってやってくると母も椅子に腰掛けた。

「そいで、お墓はどうだったね」

「どうも何も、普通だったよ」

隆治が素っ気なく言うのを見て、はるかが、

「お水をかけて掃除をしてきました。いいところにあるんですね、風が吹いて」

と追加した。

「そうね」

それは良かった、と母は微笑んだ。それっきり黙ってしまった。

いつの間に日が傾いてきたのか店内も薄暗くなってきて、隆治たちの足元まで射し込んでいた日光はいなくなっていた。

「カナカナゼミ……」

ぼそりと隆治が言った。かすかに、ヒグラシの鳴き声が遠くに聞こえる。

それきり、また三人は黙った。

はるかは何か言おうかと思ったが、やめておいた。

「今日はどこにホテル取ったんね」

「うん」

「そろそろ行かんと、暗くなるがね」

「ん、天文館」

ちょうどそのときだった。ゴロゴロゴロ、と遠くで雷の音が聞こえた。

「あれ、夕立ちが来るかもしれんね」

「うん、そろそろ行くね」

「気をつけて。はるかちゃん、またおいで」

「ありがとうございます」

簡単な挨拶をすると、二人は荷物を持って店を出た。店の出口まで母が見送る。隆治は母の姿を見たくないような気持ちになった。年老いて、弱々しくなっていく母。夫と息子を亡くし、たった一人の息子は東京にいる孤独な母。

ぽつり、ぽつりと雨滴が落ちるのが隆治の頭に感じられた。

「あ、ヤバい」

はるかにそう言ってすぐ、大粒の雨が降り出した。

「これヤバいよ、はるちゃん」

「え？」

あっという間に雨は本降りになった。その間、二〇秒くらいだっただろうか。

「アメちゃん、なにこれー！」

ザーッという、いつの間にか連続的になった雨の音に、はるかの声がかき消されそうになる。

「走ろう！　電停まで！」

隆治はそう言うと、はるかの手を取って走り出した。

雨の勢いは止まらない。とっくに二人はずぶ濡れだ。雨はますます激しくなり、前を見るのも難しいくらいになった。

そのとき、ピカッと閃光が空を走った。次の瞬間にはバリバリバリという音がし、

「キャア！」という声とともにはるかの手が離れた。

「はるちゃん！」

はるかは音に驚いて立ち止まってしまっていた。

隆治は急いではるかの手を取る。するとはるかは隆治に抱きついた。

「アメちゃん！　怖い！」

「はるちゃん、大丈夫だよ！」

隆治ははるかを歩かせようとする。しかしはるかは動こうとしない。ぎゅっと力強く隆治に抱きついている。

雨はいよいよ強まり、雨以外の周りの音が何も聞こえない。

「アメちゃん」

はるかは耳元で言った。

「ちょっとこのままでいて」

「え、でも」

「いいから」

二人はそのまま、しばらく抱き合っていた。降り続ける雨が、二人の体を濡らしていく。隆治は、だんだんはるかと一体化してくるような不思議な感覚にとらわれた。はるかの肉体が、温かい。心臓の鼓動も、伝わってくるようだ。

「キスして」

「えっ」

そう言った瞬間、はるかは上を向くと隆治の唇に自分の唇を合わせた。

——熱い……。

二人はしばらく、大雨のなかそのまま口づけをしていた。

＊

「アメちゃん、風邪引いちゃったかな……ごめんね」

「はーっくしょっ」

二時間後。

天文館の郷土料理屋に二人はいた。

あの激しい夕立ちのあと、二人は市電に乗って天文館へ行き、ずぶ濡れのまま今日泊まる予定のホテルにチェックインしたのだった。タオルを貸してくれたフロントに、はるかは「南国の人は優しい」と感激していた。

そして部屋で着替えると、飲みに繰り出したのだった。

「じゃあもう一回、乾杯しよ」

「また？　もう四回目だよ」

「アメちゃん、つまんないこと言わないの。いいじゃない、南国なんだから。それに飲めばあったまって風邪治るよ」

　はるかは芋焼酎「黒伊佐錦」の水割りの入ったグラスを隆治のグラスに当ててきた。

カチリという音が小気味好い。

　それほどうるさくもないこの店内は、あえて隆治が選んだ観光客向けのお店だった。

地元の人ばかりというわけではないが、鹿児島の料理をたくさん出してくれる。

　はるかが希望したカウンターの席に、隣り合わせで座る。テーブルには、きびなごの刺し身、さつま揚げ、かつおのたたき、黒豚の角煮、海鮮のサラダ、そして豚のしゃぶしゃぶが所狭しと並んでいる。あたたかい色の電灯に照らされ、どれもとても美味しそうに見える。隆治にとってもこんなご馳走は、鹿児島にいた頃も食べたことがないほどだ。

　はるかは店に入ってからもずっと大はしゃぎで、きびなごの刺し身を酢味噌で食べるのが気に入ったようだった。

「これ、すごく芋焼酎に合うね。鹿児島の人たちが昔からいろいろなものを食べてきて、一番合うものを残してきてくれたんだな、きっと」

　そう言われると、そうかもしれない。はるかは饒舌だった。

「それで、アメちゃんはさぁ」

「なに？」

「ちょっとお母さんに冷たくない？」

──うっ。

とろんとした目で鋭いことを言うはるかは、焼酎のグラスに口をつけてから言った。

「そう？」

隆治はとぼけた。

「そうよ。あんまり喋んないし、すぐ帰っちゃうし。私なら、気にしなくていいのに」

「うん」

「話したいこと、たくさんあるでしょ」

「ん、まあ……」

そう言われると、隆治にはよくわからない。

「正直言うとさ、何を話せばいいかわからないんだ」

「え？　お母さんと？」

「うん」

「元気してたの、とか、最近調子はどう、落ち込んでない、とか、寂しくない、とかあるじゃない」

──そんなこと……聞けない。

「うーん」

隆治はきびなごの刺し身を一切れ取ると、黄色い酢味噌につけて口に放り込んだ。酸っぱさときびなごのつるりとした食感があいまって、思わず焼酎を一口飲む。

「照れちゃうの?」

「そうかもなあ。でも……」

「でも?」

「気にはなるよ」

「でしょ。アメちゃんは優しいんだから。じゃあさ、明日、もう一度実家行こうよ」

そう言うと、はるかは一気に焼酎を飲み干した。

「アメちゃん、おかわりー」

だいぶ酔ってきているようだ。

——これならボトルで頼めばよかったな……。

隆治は店員におかわりを頼むと、さつま揚げを食べた。柔らかい嚙みごたえのさつま揚げを食べると、じゅわっと口の中に甘みが広がる。たまらず焼酎を飲む。

しばらくの間、二人はそうして飲んでいた。

二時間ほど経ち、ふたりとも焼酎の水割りを五、六杯は飲んだ頃。

「俺、ちゃんと話してなかったな」

隆治がふと言った。

「兄ちゃんと、父ちゃんのこと」

「え？」

「ほら、ちょっとしか話してなかったから」

「うん。話したくないと思ってたから」

――そんなんじゃないんだ。

「話したくなったら、話すものでしょ？　いいの、無理になんて話さないで。アメちゃんは仕事でも辛いことがたくさんあるんだから」

ありがとう、と言ってから、隆治は少しずつ兄と父の話をし始めた。慎重に、丁寧に、ゆっくりと話した。

幼少期、兄が急逝したこと。目の前で意識を失ったこと。それから、兄の記憶に蓋をしていたこと。医者になって初めて、両親とその話ができたこと。

そして二年前、父が癌の手術を受け、その後も闘っていたのに、ぜんぜん帰省しなかったこと。そして、予想外の手術の合併症で亡くなったこと。

「父ちゃん、きっと寂しかったんだ」

はるかは黙って聞いている。

「俺は、薄情もんで」

そう言うと、隆治の目から大粒の涙がこぼれたが、続けた。

「結局自分の仕事を優先して、親のことなんて構いもしないで。あんな小さなお店で一所懸命働いて、育ててくれたのに」

「アメちゃん」

カウンターテーブルの下で、はるかは隆治の手を握った。

「アメちゃんは頑張ってるじゃない」

「ごめん、お母さんに冷たいとか言って。きっとあれだね」

はるかも泣いていた。

「たくさん伝えたいことがありすぎて、出口のところで詰まっちゃって言葉にならなかったんだね。やっとわかった」

「…………」

「じゃあ、本当に明日、行こうよ。お母さんのところ。私もいっぱいお母さんとお話ししたい」

「ありがとうございます」

隆治が突然丁寧な言葉遣いをするので、はるかは笑った。

「なにそれ、アメちゃん！　変！」

隆治もつられて笑った。泣きながら二人で笑っていた。

その晩、ふたりはフラフラになるまで飲み続けた。

Part 6　夜明け

生まれ育った鹿児島にいた頃から、隆治は雨が好きだった。

春の優しい雨。南国の情熱的な激しい夏の雨。秋の静かな雨。そして冷たく救いのない、冬の雨。

医局で遅くまで仕事をしていると、音もなく雨が降り始める。ゆっくりと夏の火照った道が湿り、鎮まる。そんなことを考えると、不思議と気持ちまで落ち着いてくるのだった。


そんな梅雨の明けた七月末の土曜日、朝一〇時。

隆治は埼玉の病院のアルバイトを休んで、上野駅前の交差点に登山用リュックを背負って立っていた。ゆらゆらと向こうのほうの景色がうごめいているのは、気温が三三度もあるからかもしれない。隆治が立つ横断歩道には、作業着を身にまとった汗だくの道路工事の人が、なにやらわけのわからないことを叫んでいる。「熱中症による仕事中の死亡者は建設作業員が一番多い」という厚生労働省のデータを見た記憶が、頭をよぎる。

どこかで交通事故があったらしい。渋滞ぎみの大通りは、固まったばかりの溶岩のように焼けたコンクリートが湯気を立てていた。

［ついたよ　どこ？］

向日からメールが来る。

レンタルした車はたしかトヨタのプリウスだと、隆治は前日に凜子から聞いていた。目でプリウスを探すが全然見あたらない。隆治は歩道から道路に出て、流れる車に目を向けながら車の流れと逆方向に向かい歩き出した。背中を汗が垂れる。

汗をかき蒸発時にどれだけ体温を下げたとしても、まるで追いつかず体じゅうに熱がこもってくるのがわかる。目が痛くて顔を上げることもできないが、太陽は容赦なく光を運び続けていた。

——まったく、俺は何をしているんだろう……。

隆治は、二週間前の凜子とのやりとりを思い出していた。

「ですから、こうしてお願いしているんですぅ」

そう言うと、凜子が下から隆治の目を見た。

「いや、でも、それは……」

「何か問題でもありますかぁ？」

＊

二件の長い手術を終えたのち、隆治と凜子は二人で患者のベッドサイドを回った。回診が終わり、ナースステーションの前の廊下で、二人は立ち話をしていたのだった。

すでに病棟の消灯時間である夜の九時を過ぎていたので、廊下には薄暗い足元の灯りがついているだけだった。病室からは物音一つ聞こえてこず、ただ看護師が早歩きをするぱたぱたという音だけが響いていた。

「……ですからぁ、先生に一緒に富士山に行って欲しいんですぅ」

「うーん」

隆治は白衣の後ろで組んでいた手を組み替えた。

「で、なんで先生は一緒に登ることになったんだっけ？」

あのとき、上野のレストランで向日が富士山に登りたいと言っていたことを思い出しながら、隆治は尋ねた。

「葵ちゃんに頼まれたんですぅ。友達はみんな社会人だからそんな休み取れる子いないし、他にお願いできる人もいないって」

――だから、患者と親しくしすぎてはいけないと言われているのに……。

「それで、なんで俺も？」

「え、それは……」

凜子は少しうつむくと、考えたそぶりを見せてもう一度顔を上げ、隆治を見た。

「私一人では、葵ちゃんがどうにかなったときに何もできませんから」

――登山のリスクを、ある程度はわかっているのか。

「しかも先生は富士山に一度登ってらっしゃいますよねぇ。体力もあるし、一番いいと思ったんです。すみません。失礼だというのはわかっています」

確かに隆治は一度、学生時代に富士山に登ったことがあった。しかし、それとこれとは話が別だ。

「いや、失礼とかじゃないよ、だけど……」

「すみません」

凜子は頭を下げた。

「うーん……聞いたことがないからなあ。患者さんと山を登るなんて」

「はい」

「……佐藤先生とかにも怒られるだろうし」

「はい」

凜子は下を向いてしまった。


夜勤の看護師が、懐中電灯を持って二人の横を通り過ぎた。


隆治は右手で顎を触りながら考えた。

――どうすればいい。登る？　いや、そんなわけにはいかないだろう。患者さんと病院の外で会うこと自体ありえない……。一度会っちゃったけど……でも、患者さんと登山なんて……映画やドラマじゃないんだし……。

そう考えながら、隆治は足の裏がぢりぢりと張るのを感じた。長い手術で立ちっぱなしだったから足底筋がつっているのだろう。しばらく隆治は黙り込んでいた。凜子は体をぴくりとも動かさず、うつむき加減のまま立っている。

「先生は」

隆治が口を開いた。

「はい？」

「なぜ登るの？　逆に聞きたいんだけどさ」

「それは……」

凜子は少し考えてから続けた。

「どうしてもって頼まれて……」

「うん」

「私が登らないと、誰も登らないからです」

その言葉に、隆治は嫌気がさした。患者のために身を尽くす、そういう一過性の熱病のような感覚はわからなくはない。だが、と隆治は思った。

「じゃあ聞くけど先生は、腎不全患者に会うたびに腎臓をあげるの？　肝硬変患者に肝臓をあげるの？　白血病患者のために骨髄バンクに登録してるの？」

「わかりません」

隆治はもう止まらない。

「なぜ今回は登るのに、肝臓はあげないんだ。おかしくない？」

隆治の声はだんだん大きくなってきた。

「はい」

「だから、俺は登らない」

「はい」

「わかったら今日は上がろう。もう仕事は終わりだし」

「わかりました」

凜子はうつむいたままそう言った。

隆治がナースステーションを抜けて医局に帰ろうとすると、凜子が呼び止めた。

「雨野先生」

「ん？」

ナースステーションの中は、消灯後のこの時間でも今日はなぜか煌々《こうこう》と灯りがついていて、まるで夜中のコンビニエンスストアのようだった。夜勤のナースは巡回に行っているのか、誰もナースステーションにはいない。

隆治が振り返ると、凜子が駆け寄って言った。

「先生。私には、何ができるんですか」

「え？」

「私では、葵ちゃんに何もできないですぅ。手術もできないし、化学療法《ケモ》だって……」

「………」

「だったら、登山行っちゃダメなんですか。自分がいまできることを最大限する、私はそうやってきましたぁ」

凜子はまっすぐ隆治の目を見た。

「だから今回も私は、いま私にできることをしたいんですぅ。あの子には今年しかないんですぅ」

凜子は、ゆっくりとまばたきをした。

——予後のこと、わかってるんだもんな……。

「先生」

「ん？」

「いつか肝臓の悪い人に会ったらそのときには最大限できることをしますぅ。そのときに私にできることを。だから、お願いです。富士山に行ってください……」

隆治は凛子の目を見た。どこかで見たことのある、この目。

凛子は黙って立っている。ナースステーションは相変わらず静かで、時折誰かが鳴らすナースコールの音だけが遠慮がちに鳴るのみだった。

――ダメだこりゃ……でも……。

二人はしばらく黙って立っていた。時計の秒針の音さえ聞こえなかった。

「先生さ」

「はい」

隆治は頭をかきながら言った。

「あの子、抗癌剤《ケモ》やってる最中だったよね」

「はい……」

「そして肝転移《メタ》、肺転移《メタ》がある」

「………」

「そういう人と登山するなんて……めちゃくちゃ大変だよ？　普通に登るだけでも相当しんどいんだ、あそこ」

凛子は黙っている。

「……そんなことわかってるか……」

隆治はふう、とため息をついた。

「登るからには、何がなんでも生きて帰ってこないと」

「え……」

「日にち、早めに決めよう。いろいろ準備しないと」

「先生！　ありがとうございます！」

隆治は早足でナースステーションを後にした。凜子はまだちょっとやることがあるから、と病棟に残ったので、一人で暗い廊下を歩いていた。

――なんてこった……。あの子と富士山なんて……。

自分の甘さに呆れつつも、もうこうなったら仕方がない、とどこかで思っていた。

向日はステージⅣの胃癌だ。肝臓と、肺にもたくさん転移している。一年後に生きていることはまずないだろう。だとすれば、凜子の言うようにこの夏しかチャンスはない。富士登山は夏しかできないのだ。

暗い廊下を、緑色の非常灯がぼんやりと照らす。

――第一、主治医は許可するんだろうか……。

隆治は重い足を引きずって歩いていった。

＊

──それにしても暑い……。

熱したフライパンの上のような道にいると、頭皮から汗が噴き出してくるのがわかる。歩くたびに汗はぽたぽたと隆治の両脇に垂れた。

やがて、遠くにぶんぶんと大きく手を振る二人の女性が見えた。おおはしゃぎといった様子だ。近くに車も止まっているのだろうか。

──ああ、あれだ。

隆治はぎこちなさがなるべく出ないよう、大げさに手を振った。急ぎ足で二人のもとへ近づく。

実際のところ隆治は少し緊張していた。

葵とは病室で会った以外は食事を一度しただけだし、凜子とだって病院の外では仕事帰りに飲みに行くくらいだ。

ただ山を登るだけだ。だがこの登山には、自分を含む三人の命を守るというミッションがある。しかも一人は癌患者だ。楽しみな気持ちはほとんどない。医者だからこそ責任がある。そんな状況にはもういい加減慣れていた医者五年目の隆治ではあったが、それでも病院で患者を診るのとはずいぶんわけが違う。

おまけに、後ろめたさもある。隆治は外科の上司には、凜子と向日と富士山に登ることは言わなかった。佐藤にだけは、「ちょっと週末登山に行ってきます」、つまり緊急手術などで病院に呼ばれても行けませんという意味のことを伝えていた。凜子は凜子で別の理由をつけて不在を伝えたと聞いた。

大きなリュックを背負った隆治がシルバーのプリウスに近づくと、二人はすでに車に乗り込んでいた。助手席に座る凜子は満面の笑みだ。

「おはようございますぅ」

「雨野せんせ、おはよ」

隆治は凜子が運転しているものだと勝手に思っていたが、驚いたことに葵が運転席にいた。葵は運転席から少しはにかんで手を振った。

葵は、前回会ったときより日に焼けたのか、健康的な褐色の顔に白い歯とピンクの歯茎を見せている。

隆治は背負っていた登山用リュックサックをトランクに入れると、後部座席に乗り込んだ。ここから富士山までのドライブだ。車内は冷房でキンキンに冷えていて、Bruno Mars が大きな音で流れている。

「じゃあ行くよ」

葵の運転は緩急がはっきりし、スピードを出すときは思い切りがいい。

途中で立ち寄ったコンビニエンスストアで、凜子が運転席に移った。隆治は後部座席のままだ。

車内で三人はいろいろな話をした。葵が通っていた関西の大学のこと、そこで出会った奇妙な歳下の男性との恋のこと。凜子が気を遣って隆治にいろいろ話を振ったので、隆治は付き合っているはるかの話までする羽目になった。

一通り話が尽きると、隆治は黙ったまま後部座席の窓から次第に田園風景へと変わっていく景色を見ていた。二人は前の座席でなにやら話してはくすくす笑っている。

車内は相変わらず冷房が強く利きすぎて隆治には寒いくらいだったが、おかげで後部座席で眠ってしまう事態は免れることができた。

不意に助手席の葵が振り向くと、

「はい、先生探してね」

隆治に傷だらけのノートパソコンを差し出した。

「え」

「すみません、実は」

凜子が言うには、なんでも車の中で今夜の宿を探すということだった。

そんな無茶な、無計画すぎる、と思ったが隆治は言うのをやめておいた。言ったって宿が見つかるわけではない。そしていまは上司と部下ではないし、医者と患者ではないのだ。

その代わり、隆治は「インターネットで適切な宿を迅速に発見し、今日行うアクティビティーを選別し時間内に収まるようにプランニングする」というミッションを成功させることに集中した。


結局隆治が選んだ幾つかの河口湖畔の立派なホテルは、葵が言う「口コミサイトでの評価が四点以上じゃないとダメ」基準に抵触し、四点を超えるホテルはインターネット上ではすべて満室だった。夏の土曜日に、いきなり三人で飛び込みは難しいという事実に隆治はとても驚いた。世間の人々は金曜日に仕事が終わってから、河口湖へ向かい宿泊するのだろうか。いったいどんな職業の人が、そんな優雅な生活をしているんだろうか。病院にいつ呼ばれるかわからないから、許可を得なければ遠方に行くことができない隆治には想像がつかない。

そんなことを考えているうちに、後部座席で車に揺られながらパソコンをいじったおかげで車酔いしてしまった。

「ごめん、いったん休憩」

そう言って隆治がパソコンを葵に渡すと、そのまま何軒かの宿に電話をしてくれ、幸い大きなホテルの敷地内にあるコテージを予約することができた。そのホテルは温泉もついている割には、とても廉価だった。

葵の経済状況はまったくわからないが、そんなに余裕があるとも思えないので、安ければ安いほどいいだろう。とそこまで考えて、隆治は今月学会で泊まった京都のカプセルホテルが一泊三〇〇〇円だったことを思い出した。

しばらくのドライブののち、三人を乗せたプリウスは河口湖に着いた。

小洒落た湖畔のレストランで食事をとった。無邪気に凛子の一眼レフカメラで遊ぶ葵は、まるで初めてカメラを見た少女のようにはしゃいだ。食事を終えると、三人は隣の建物に入ってみることにした。「香水館」と看板の掲げられた、美術館のような土産物屋のような木造の建物だった。二階建てのようだ。

中に入ると、テーブルにたくさんの香水が並べられていた。青、黄色、ピンク、紫といったカラフルな小瓶入りの香水を見ていた葵は突然、

「雨野先生、買って」

と言い、数百円の香水を欲しがった。

若い子にものをねだられる。こんな経験、隆治は初めてだったが、ドギマギしながらも「いいよ」と買ってあげた。

ずいぶん甘え上手だなと思ったが、ふと彼女はこうやって自分との距離を縮めようとしてくれているのかもしれない、とも思った。もしかすると、葵はこれまでの人生であまり人に甘えてこなかったのかもしれない。

建物の二階に上がると「花びらアート」というコーナーがあり、葵がやりたがったので隆治は一二〇〇円ほどを払った。三人はエプロンをつけた女性に説明を受けると、さっそく作り始めた。どうやら花びらだけを真っ白な台紙に貼って、好きなモチーフを作るようだ。

凜子は扇子の形の台紙を早々に作り終えると階下に土産を見に行ってしまい、隆治と

葵が残った。木製の大きなテーブルにたくさんの小さな花びらを広げ、二人は一生懸命になって台紙の中に富士山を作った。

「向日さん、どう？」

と隆治が言ったが、富士山作りに没頭していた葵には聞こえていないようだった。隆治は紫の花びらで富士山を作ると、余白の空にぽかんと浮かぶ月を黄色の花びらを使って置いた。

葵は時間いっぱいになっても、まだ作っていた。なんとか盛り込もう、盛り込もうと台紙いっぱいを花にしていた。

「向日さん、時間がないからもうやめよう」

そう言ってもなお、葵は花を貼ろうとした。

「あとちょっと、あとちょっとだから」

仕方なく、隆治はなかば無理やり終わらせた。

葵の作った富士山はとても丁寧で隙間なくたくさんの花びらが盛り込まれていて、ところ狭しと花が並んでいた。一応富士山の形をしているようだが、稜線なんて関係ない。葵の作った富士山は、エネルギーに満ち満ちて光っているようだった。

＊

夕刻、宿にたどり着くと、三人は荷物を手分けして運んだ。その日泊まる部屋は三人一緒の部屋で、大きいコテージに五個のベッドがあった。入り口を入ってすぐ左手に小さな三畳ほどの和室があったので、「いびきと歯ぎしりがひどくて」と言い訳し隆治は和室に一人で寝ることにした。一人の部屋を手に入れたことで、隆治はほっとした。

翌朝からの登山の支度を整えると、もう外は暗くなっていた。隆治は二人を連れて離れた母屋の温泉に行った。

男風呂に入ると素っ裸になり、体を洗う。照明が全然なかったので、岩に足を取られそうになりながらも、露天風呂に入った。先客が何人かいるようだった。熱い湯が、隆治の皮膚を刺激していく。気持ちよさと少しの痛さを感じながら、隆治は少しずつ体を湯に沈めていった。

完全に首まで浸かると、隆治は頭を後ろに倒した。首の筋肉が伸びて心地よい。ふう、と息を吐きながら首を戻していくと、目の前にはジグザグの点々とした灯りが見えた。

――ん、なんだあれ？

お湯をじゃばっと顔にかけ、もう一度見た。

どうやら目の前に富士山があり、登山道に沿って灯りが点々とついているようだった。目が慣れてくると、まっすぐな富士山の稜線が、暗い空との境界として見えてきた。

——明日の夜はあそこに行くのか……。

「あれはね、山小屋の灯りが見えているんだよ」

岩に腰掛けた老人が話しかけてきた。見ると奥には白人の男性と、きれいなつやのある金髪の小さな女の子がいた。三人の距離からして一緒のグループのようだ。珍しい、国際的な三世代の旅行だろうか。

「そうなんですね。登られたんですか？」

「いや、我々はドライブで来ただけだ」

「そうでしたか。僕は明日登るんですよ」

そう言って指差した。ぱちゃん、とお湯が跳ねた。

「明日はいいよ、絶対に晴れる」

「だといいですね」

しばらくして三人が出ていくと、風呂は隆治だけになった。

目の前には、真っ暗な、漆黒の闇に塗りたくられた山があった。見えはしないが、重い存在感がある、と隆治は思った。
――それにしても、明日はあのてっぺんまで行くだなんて……。
その黒い塊を見ていると、隆治はその闇に吸い込まれてしまいそうな気がした。
――夏の闇が、全部吸い込んでしまえばいい。
闇は、どこまでも続いていた。

＊

隆治が風呂から上がり部屋に帰ると、すでに二人は戻っていた。宿に食事がついていなかったので、三人は再び車に乗ると一〇分ほど走って見つけたインドカレー屋に入った。陽気なインド人の店員のおじさんが出迎えてくれた。なぜ彼らインド人が遠い異国の、はたまた街の中心からも程遠い地でカレー屋を営まなければならないのか隆治にはわからなかったが、とにかく美味いカレーだった。サービスですと、葵が注文したラッシーがジョッキに入って出てきたので三人とも驚いた。カレーはあっという間に三人とも食べてしまった。

帰りの車は葵が運転すると言った。助手席には隆治、後部座席に凜子が座った。音楽はかかっていなかった。

真っ暗な道を、シルバーの車が走る。対向車もまったくない。車は夏の闇を押し分けるようにして、音もなく進んでいった。みな黙っていたので、車内は静かだった。

ちょっとした広場のようなところで不意に車が止まった。隆治は運転席の葵を見た。はっきりとした目鼻立ちの表情は変わらない。何を考えているのだろう。

「ちょっと休もうか」

車が止まったところは、いかにも田舎の駅といったふうの駅舎の前だった。駅前は小さなロータリーになっており、バス停とタクシー乗り場があった。葵がエンジンを消し、三人は車から降りた。タクシーの運転手が三人集まって、ぼそぼそと会話していた。

「涼しぃね」

葵が車止めに座ってぼそっと呟いた。

「うん」

きょろきょろしていた凜子は、

「ちょっと自動販売機でお茶買ってきますぅ」

と言って行ってしまった。

「ねえ、せんせ」

凜子がいなくなると葵が話しかけてきた。

「大丈夫かな、明日」

葵と二人だけになって隆治は緊張していた。なんと返事をしようか、少し考えてから言った。

「うん、大丈夫ですよ。俺と凜子先生がいるし」

「そうかなぁ。そう思う？」

「思いますよ」

「ごめんね、こんなところまで連れてきちゃって。先生忙しいのにね」

「…………」

「でも、ありがとね。私なんかのために。……ホントは一人で登ろうと思ってたんだ」

――え？　一人で？

「でもね、一人で登るのって、なんか寂しいじゃない？　すっごい辛い思いして、きっと足とか痛くなって、で、頂上できれいなご来光を見て。でも一人なんだよ。誰かと共有したいし、誰かの思い出に残りたいじゃん」

隆治は黙っていた。

「素敵な二人と来られて、私、本当に嬉しい。でもね、やっぱり頂上まで行きたい。それでご来光見ながらお祈りするんだ。治りますようにって」

「うん」

隆治は葵の隣に座った。

「ねえ、せんせ」

「はい？」

「先生、私が入院してるとき、ＣＴ検査をやったでしょう」

——えっ！

「……ええ」

「あの結果、教えてくれなかったのは、気を遣ったの？」

「…………」

なんと返事していいかわからない。

「あのあと、夏生病院の主治医の先生から検査結果を教えてもらって、私とても驚いたんだ」

「……すいません」

「だってね、あっちの先生、『うまくいって半年生きられるかどうか』なんて言うんだから。もう、笑っちゃったわよ」

隆治は返事ができなかった。

こわばった隆治の顔を見て、葵は驚いた。

「え……あれ……やっぱりホントなの……？　せんせもそう思う？」

なんと答えればいいのだ。隆治は目を大きく開いた。頭のなかで必死に正解を探す。

「あ、いえ、あの」

「そっか……ホントなんだ……」

「いや、そうじゃなくて……」

そう言いながら、隆治は自分が何を言っているのかわからない。

「そうじゃないの？」

——ダメだ……。ごまかし切れない……。

隆治は観念して、目をつぶって言った。

「……いや……なんというか……その通りで……」

「そっか……」

葵はそれだけ言うと黙ってしまった。隆治は下を向いたまま、葵の顔が見られない。

すぐにぐすぐすという声が聞こえてきた。

——泣いてる、よな……。

「ごめんね先生」

「え？」

隆治は葵の顔を見た。

「そんなこと言わせちゃって」

隆治は黙っていた。

凜子はなかなか戻ってこない。タクシーの運転手の一人が、うまそうにタバコをふうっと吐いた。

少しして葵は泣き止んだようだった。

「ごめん、もう大丈夫！　私ね、こんなの慣れてるから！　最初だって、三カ月生きられるかどうかって言われたんだよ！」

葵の元気のいい声が、隆治には辛い。

「そうだったんですね」

「うん。がんが破裂寸前だったんだから」

凜子が書いたカルテにもそういう情報はあった。葵は三年前、調子が悪くて病院に行ったら、突然癌の末期で緊急手術をすぐしなければ死ぬ、と言われてその日に緊急手術を受けていたのだ。

「私、頑張るね明日。だから」

「はい？」

「せんせ、私たちを守ってくれる？　護衛の騎士《ナイト》みたいに」

「…………」

「もし歩けなくなったら、お姫様だっこしてくれる？　騎士《ナイト》様」

「しますよ、いくらでも」

「でも私、重いよ。……あ、凛子ちゃんもそんなに軽くなさそう」

「そっか、二人かつげるかなあ……」

そう言うと二人は笑った。

ようやく戻ってきた凛子が不思議そうな顔をした。

「すみません、なかなか小銭が入らなくってぇ。あれ、なに話してたんですかぁ？」

「ひみつー。ね、せんせ」

「だね」

二人がニヤニヤしているので、凛子はむくれた。

「なにー。いつの間に仲良くなって」

「じゃ、戻ろうか」

「うん、戻ろう、せんせ」

三人は車に戻った。

＊

コテージに戻ってからその夜は結局、三人でトランプのババ抜きをしながら夕食後に買い込んだ酒を飲んで過ごした。コテージの真ん中からは橙色《だいだいいろ》の電灯が吊るされ、あたたかい明かりが室内に広がっていた。

隆治はビールを、凜子はワインを飲んでいた。

凜子は女友達の恋愛話をした。大学時代の同級生だった二九歳の女性医師で、「リスに似てすごくかわいい」のだが、同棲している不器用な色白の彼氏が全然構ってくれなくて将来も見えないし別れようか迷っている、という主旨だった。とくになんの変哲もないごくありふれたカップルの話だったが、葵はその彼氏が許せなかったようで「なんなのその人！」と怒っていた。

終わらない二人の話を聞いているうち、隆治は次第に遠い国の話を聞いているような気になっていた。アルコールのせいか、頭も少しぼんやりしている。このままでは寝てしまいそうだが、二人はまだまだ話し足りなそうで、ひっきりなしにスナック菓子を食べては話し続ける。

「そんな人は別れたほうがいいんじゃないか。最低だよ」

そう言った瞬間に、隆治はふとはるかのことを思い出した。はるかもこんなふうに友人と自分のことを話しているんだろうか。付き合ってかれこれ二年近くになるけど、会うのは月に一、二度だ。仕事ばかりで全然相手をしていない上に、こんな謎の富士登山に来てしまっている。そこまで考えて、隆治ははるかに富士登山のことを言っていないことに気づいた。

——いまさら、かな。下りてきたら言えばいいか……。

結局、三人は午前三時までそうしていた。ビールとハイボールを飲んだ隆治は酔っ払い、この二人の女性と不器用な色白男の幸せを願いながら、畳に敷いた黴くさい布団を抱いて寝た。

＊

翌朝、隆治が起きて携帯電話を見ると、時刻は七時過ぎだった。

飲みすぎたアルコールのせいか、かすかな頭痛と吐き気、そして全身の怠《だる》さがある。起き上がってリビングに行くとすでに凜子がいた。

「おはようございますぅ」

凜子も眠そうだ。葵はまだ寝ているのだろう。

座ってぼんやりしている凜子に、「風呂行ってくるね」と伝えた。


早朝の露天風呂は誰一人おらず、つんと冷えた空気が二日酔いの体に心地よかった。快晴の空にするどく突き刺さる富士山は麗しく、これから登ろうとする巨大な山容をみずみまで見せてくれた。

風呂を上がりコテージに戻ると準備をし、車に荷物を詰め込んだ。

五合目行きのバス停まで車で行くと駐車場に止め、三人はバスに乗り込んだ。バスの中で隆治は「ポテトチップス東京もんじゃ味」を開け、二人にふるまった。そして凜子と葵二人だけの写真を撮ってあげた。しばらくすると凜子と葵は眠ってしまっていた。

隆治は一人バスの外を見ながら、いろいろな不測の事態について考えていた。


登山中に誰かが怪我をしたらどうしよう。骨折したらどうしよう。低血糖になったら。

高山病がひどくなり嘔吐したら。大地震や噴火が起き、周囲の人々を仕分《トリアージ》けしなければならなくなったら。夜中の真っ暗な登山道で犯罪や悪意に巻き込まれたら。

隆治は自分の頭の中で「山頂に行くことではなく、全員が無事家に帰ることを目標に」とした。

バスが五合目に到着すると、広い駐車場のようなスペースは人々でごった返していた。富士山には登らないけれどそこまで来る人や、外国人観光客もたくさんいた。「こみたけ」と書かれたレストランで葵と凜子は「富士山カレー」を食べ、隆治はとんこつラーメンとご飯と餃子を食べた。これからの過酷な登山に備え、隆治は一キロカロリーでも多く摂取しておきたかった。そのほうがいざ遭難したときに、この三人の生存可能性が少しでも上がるだろう。

テーブルの向かいから葵が手を伸ばし、隆治のラーメンのスープを勝手に飲む。

「美味しい」

と、にこにこしている。

食事を終えて店を出ると、葵がリュックから日焼け止めを取り出した。顔が真っ白になるまで日焼け止めを塗る葵を見ていた凜子は、

「それじゃ真っ白ですぅ」

と笑いながら素手で葵の顔を拭い、白いところを伸ばしている。まるで姉妹のような二人の姿に不意に胸が詰まった隆治は、目をそらした。

隆治は病院からこっそり持ってきた、指にはさむタイプの小さな簡易計測器《モニター》で葵の酸素飽和度《サチュレーション》を測った。98％、オーケーだ。いまのところ問題はなさそうだ。

登り始める前に、登山口までしばらくハイキングコースのような道のりを三人は歩いた。二日酔いで痛む隆治の頭に、太陽が眩しい。

歩きやすくなだらかなアップダウンの道のりに、隆治はつい厳しい登山の道程を忘れていたことに気づき、慌てて二人を観察した。歩き方、リュックの背負い方から、テンションが上がりすぎていないか、人に気を遣いすぎていないか、そして葵の顔色はどうか。

二〇分ほど歩くと、三人は「登山口」と書かれた入り口に着いた。記念撮影をしようと思ったが、どうも写真を撮ってくれそうな人が通らないので断念した。

「ま、写真なんてどうでもいいよね」

葵が言ったが、

「じゃあ自分で撮ればいいんじゃない？」

「そうだね」

葵と凜子がくっついたので、

「いいよ、俺が撮るから」

と隆治が写真を撮ろうとすると、

「先生、ダメなの！　入って！」

と葵が制した。

隆治は登山リュックを下ろし、二人にくっついた。

「はい、撮るよ！　笑ってね」

凜子は腕を伸ばし、デジタルカメラで写真を撮った。隆治はその写真を見せてもらった。満面の笑みに日焼け止めで白い顔の葵と凜子の隣に、三〇男が真面目な顔で写り、後ろには「登山口」の看板がある。

三人はリュックを背負うと、歩き出した。登山口に入ってからしばらくは、なだらかな登り道がジグザグに続いていた。足元はこげ茶色の砂利のようなもので、特段歩きにくくはない。所々に背の低いうすす緑の植物が固まって生えていた。

「頂上、全然見えないんですねぇ」

見上げながら凜子が言った。

「ほんと、角度の問題？」

葵が返事する。隆治が見上げると、確かに富士山の頂《いただき》は見えない。山の中腹が少し出っ張っているのだろうか、そのあたりまでしか見えなかった。

じゃくじゃく

じゃくじゃく

三人の足音が連なる。

それぞれに汗をかきながら、じりじりと絶え間なく照り続ける直射日光を全身に浴びて歩いていく。半袖でも暑くて仕方がないくらいだ。この登山道は「吉田ルート」と言われる一番楽なルートで、スタート地点の五合目はすでに高度二〇〇〇メートルを超えている。そのため、このルートの登山客は計算上一五〇〇メートル程度を登ればいいのだが、真上に向かって一・五キロメートルの道のりと考えてもずいぶん長い。それを、くねくねと曲がりくねった道を歩いていくのだ。

途中の山小屋の数も一番多く、最も楽な登山ができるため隆治が選んだのだった。

隆治は意識的に深呼吸をしながら三人の一番後ろを歩いていた。おそらくもっとも体力がないだろう葵を一番前にした。

「先生、大丈夫ですか」

隆治の前を歩く凜子が振り返った。

「うん」

そう隆治が答えると、

「うわあ、すごい！」

と凜子が振り返ったまま目を見開いた。

「雲ですよ、雲」

凜子の声に葵も気づき、振り返って「うわあー」と声をあげた。

隆治が振り返ると、眼下にはもうすでに雲が広がっている。夏の、真っ白なもちもちした入道雲ではなく、レースのような薄い濃度の雲だ。凜子は思わず少し前に担当した肺炎患者のレントゲン画像を思い出した。

いま、雲の上を歩いている。入院中、病室の窓から毎日見上げただろう空の、ふんわりとした雲の上を葵が歩いている。凜子はそう思うだけでもう胸がいっぱいだった。

空にはまだ薄く刷毛《はけ》で伸ばした水彩絵の具のような雲が広がり、遠くに小さな入道雲が見えた。見下ろせば濃緑の盆地が広がる。河口湖とその周りの街だろうか。

「ちょっと休もうか」

「はい」

三人はリュックを下ろすと、板で作られた段に腰を掛けた。

「ふうー。暑いけど気持ちいいですねぇ」

凜子が言った。

「毎日のこと、忘れられるみたい」

「うん」

隆治は素直に同意した。

「街が見えるよ」

隆治が言うと、

「うん。なんだかこんなに遠いのに、人々の生活を感じる。その生活が街を作ってるんだね」

と葵が返事する。

「暑いから少し脱ごうか」

「そうしましょう」

葵は段から立ち上がると、目をつぶり両手を上げ伸びをした。

そのとき、ひんやりとした風がひとすじ上から下に吹いた。黒々とした髪が顔にかかったが、葵は気にもせず目をつぶったまま深呼吸している。

「そろそろ行こうか、一〇分くらい休んだからね」

三人はリュックを背負い歩き出した。

隆治は二人に気を配りながら、慎重に歩いていた。それでも、徐々に高度が上がっていくと、酸素濃度が下がっていくのを感じた。少しずつベースの心拍数が上がってきたのだ。隆治はしばしば自分の手首で橈骨《とうこつ》動脈を触れながら、心拍数をチェックした。

「けっこうタキるな」

「はい、タキりますぅ」

隆治と凜子が話していると、一番前の葵が振り向いて、

「何それ？　医者用語？」

と息を切らしながら尋ねた。

「タキるって、心拍数がぁ、上がるって意味、なんですぅ」

凜子が説明しているが、一度に長い言葉を発すると息苦しいのだろう、細切れにして話している。

「Tachycardia《タキカーディア》」

隆治が英語を言った。

「の略」

「へー。面白い。じゃ、好きな人の前で、ドキドキするのも、『タキる』？」

「あはは、言うかもですぅ」

と凜子が笑った。

それから三人は小一時間、あまり喋らずに歩いた。あたりは少し緑が減ってきたようだった。ごつごつした岩肌が目立ち始め、少しずつ涼しくなってくるのを感じた。時折強い風も吹いた。

「ちょっと休もう」

隆治が二人に声をかけた。

「二人とも、水分をとって」

そう言うと自分もリュックからポカリスエットを取り出して飲んだ。

隆治は小さなモニターをリュックから取り出すと、葵の指につけて酸素飽和度をチェックした。モニターをつけて三秒くらいで［95％］と表示される。

出発点の五合目の時点では98％だったので、確実に下がってきてはいるがまだまだ大丈夫だ。登りでは、筋肉や関節よりもむしろ心肺機能や脱水に注意だ、と隆治は考えていた。

「向日さん、苦しい?」

「ううん、だいじょうぶ」

「わかった、早めに言ってね」

隆治はそうは言ったものの無策だった。なんともならないし、何もできない。病院を一歩離れたら医者は無力だ、と隆治は思った。


少し休んでから再び歩き出した。

「六合目」と書かれた看板を過ぎ、一五分ほど登ったところで隆治が二人を止めた。

「ごめんちょっと待って」

隆治が鎖で印《しる》された登山コースを外れ、岩と岩のあいだに頭を突っ込んだ。

「先生、どうしたんですかぁ?」

凜子が大きい声を出したので、前にいた夫婦らしき中年の二人組が振り返った。

「ちょっと」

隆治は一生懸命、携帯電話を岩と岩のあいだに入れようとしていた。

「写真、ですかぁ?」

葵はその場でリュックを下ろし、アキレス腱を伸ばしている。

「ん、ちょっと」

カシャ、カシャとシャッター音が聞こえると、隆治は岩肌をつかみながらゆっくりと降りてきた。

「ほら」

隆治が嬉しそうに二人に携帯電話を見せた。

それは、岩と岩のあいだから覗く小さな白い花をつけた植物の写真だった。

「どうやってこんなところに種が飛んだんだろ」

隆治は満足げに携帯電話をリュックにしまうと、「さ、行こうか」と言った。

それから二回の休憩をはさみ、三人は登り続けた。休憩のたびに隆治が測定した葵の酸素飽和度は94%、93%と徐々に下がってきていた。

砂礫《されき》と小石の入り交じった登山道には、いつの間にか大きな岩がだんだんと増えてきていた。

「見て」

葵が前を指差す。

「あ、七合目だ」

遠くに山小屋が見える。

周りの岩の凹凸は、まるで昨日溶岩が流れて固まったような流線形と隆起形のものと、天から降ってきたようなものがランダムに配置されていた。草木ももう見えない。隆治があたりを見回すと、一面岩だった。地獄ってこんなところなのかな、と隆治は思った。

少しずつ勾配がきつくなってきた。三人は黒い岩場を、ときには這うようにして両手を使って登っていった。

「転ぶなよ」

後ろから隆治が声をかけた。

「小股でいいから、少しずつ」

「はいー」

「ありがとう！」

返事から察するに、葵はまだ余裕がある。凜子のほうが辛そうだった。

岩場の途中に大きな岩があったため、三人は少し休憩を取ることにした。

＊

「ねえ」

葵が隣に座った凜子に話しかける。

「どうしたんですかぁ？」

「ちょっと頭が痛いんだよね」

「え……じゃ、酸素吸いますぅ？」

凜子は自分のリュックから缶入りの酸素を取り出すと、葵に手渡した。

「これどうやって吸うの」

「私もわからないですぅ」

すると、少し低いところに腰掛けて景色を眺めていた隆治が気づき、振り向いた。

「どしたの？」

「先生すみません|、酸素の吸い方がわからなくて」

「あれ、高山病始まっちゃったか」

隆治は岩を登ると近づいて、凜子から缶を受け取った。

「ここを押すと、酸素が出る。その間に吸う。殺虫剤と一緒だよ。違う点は」

そう言って隆治が缶の上を押すと、シューと音がした。

「息を吐いているあいだは酸素を出さないこと。もったいないからね」

隆治は葵に渡した。

シュー　シュー

「それじゃちょっと速い。深呼吸しながら大きく吸って、大きく吐くほうがいい」

葵はうなずいた。

何度か深呼吸しながら酸素を吸うと、缶から口を離して葵が言った。

「酸素って目に見えないんだね」

「そうですぅ」

「なんで見えないの？」

「うーん……気体だから……目には大きい粒子でないと……」

凛子が困っていると、

「大切なものは目に見えないんだよ、なんて」

と隆治が言った。

葵の口角がぐっと上がり、にんまりと笑う。

「そうだね、王子さま」

――良かった、伝わった……。

隆治は小さい頃好きだった『星の王子さま』の一フレーズを言ったのだった。

「ええっ、なんですかそれー」

凜子にはなんのことだかわからない。

「ああ、忘れてた」

隆治はリュックからモニターを取り出すと、葵に渡した。

「測ってみ」

葵が手袋を外し、モニターを指につけると、

「99%」

と表示された。

「うそ！　壊れてないですかぁ？」

「壊れてないよ、酸素吸った直後ならこんなもん。凜子先生は酸素《さんそ》解離曲線《かいりきょくせん》、覚えてる？」

「え」

凜子は、その単語を頭の中で検索した。

「はい」

「あれは酸素飽和度と酸素分圧の関係のグラフだけど、この状況で考えると……」

と隆治が話し始めた。

「凜子先生は大丈夫？」

小声で葵が凜子にスプレーを渡す。

「ありがとですぅ」

そう言うと、凜子は酸素を吸い出した。

「……ということ。って、全然聞いてなかったでしょ」

「え？　いいえ、聞いていました。ちょっと頭が痛くて」

「え、大丈夫？」

「はい、酸素吸ったら楽になりました」

「私も」

「ならいいんだけど」

隆治は満足した様子で、

「酸素の次にはこれ」

と小さいスティック状のようかんを二人に渡した。「はい、ようかん」

「え？　ようかんですか？」

「ウケる、富士山でようかん食べるの！」

二人はきゃっきゃと笑いながら袋を開けて、食べ始めた。

「なにこれ！　めっちゃ美味しい！」

葵が大きな声を出した。

隆治も自分のようかんを開け、かじった。口の中に練り上げられたようかんと、栗の香りが広がる。

「すごく甘くて美味しいですぅ、先生さすがですぅ。ちょうどお腹空いてきたなって思ってたんです！」

「うん、私も」

「これでだいぶ血糖値が上がるから」

そう言ってリュックにゴミを入れていると、隆治が置いたリュックのすぐ近くの岩の間に黄色い花を見つけた。

たんぽぽにしては背が高い茎があるので、おそらく高山植物なのだろう。その鮮やかな黄色い花に隆治はしばらく見とれていた。

「寒くなってきた。上に服を着よう」

三人は上に服を重ねて着た。

「じゃあまた行こうか。無理しないで、苦しかったり頭痛があったら早めに言って」

隆治はそう言うと、また葵と凛子を先に行かせ一番後ろから登り出した。

深呼吸をしながら時折顔を上げ、あたりを見回す。気づかぬ間に日が翳《かげ》ってきていた。夕暮れどきの景色もご来光に並ぶ富士登山の見所だ、と隆治は登る前に下調べしたホームページで知っていた。

富士の山影が、遠い平地にくっきりと三角形を作っていて、それを「影富士」と呼ぶらしい。空はまだどこまでも甘い水色が広がり、小さな雲がぽつぽつとあるだけだ、地上と空の境界ははっきりしている。地上には勾玉《まがたま》のような形の湖と、それを取り囲む濃い緑が見えた。

そんな「影富士」の写真を携帯電話で撮りながら、隆治は思った。

――光があるから影がある……陰と陽……二つ……。

思考がブツ切りの蛸の足のように、徐々に短絡的になってきた。隆治は深呼吸をした。

大きな岩をひと足で登ろうとしたとき、隆治の右脚の付け根が不意にズキンと痛んだ。

――ここは……大腿四頭筋《だいたいしとうきん》の腱？

指でグッと強く押さえる。膝を大きく上げる富士登山では、ここは必須の筋肉だ。登山が決まってから病院の階段を登るなどして少し備えてはいたものの、ここは盲点だった、と隆治は思った。

＊

もうすぐ七合目かな、と隆治が思ったところで、山小屋が現れた。久しぶりに平らな道を歩いて山小屋の前を通り過ぎようとすると、半纏《はんてん》を着た男がぼんやりと立っている。その男は口の周りに海苔のような黒い髭を生やし、頬はややうっすらと赤らんでいた。見ると手には缶ビールを持っている。通りすがりに葵が、

「あとどれくらいで九合目の山小屋ですか？」

と聞いた。

「まだまだだね！　そうだな……まだ四〇パーセントくらい！　頑張って！」

と男が答えた。

「え？　四〇パーセント？」

と葵は言った。

少なくとも半分は超え、七〇パーセントくらいは来ているつもりだった。まさかまだ半分を超えていないとは。

それからというもの、急に葵が喋り出した。

学校のこと、病院のこと、家族のことなどをひとしきり話すと、また黙って歩いた。脚を上げ、岩と靴との静止摩擦係数で体を上に持ち上げる。この単純な運動の繰り返しのみで、いずれ山頂まで達するという。

隆治は単調な繰り返し運動にうんざりしながら、ときどきは下を振り返り、夕日に照らされオレンジ色に光る雲海と、その下の薄い雲に覆われた建物の集合を見ていた。街には少しずつ灯りが灯り始めていた。

——こんな風景を見たのは、いつ以来だったっけ……。

そう考えながら、雲から透ける薄暮の街を見ていた。

あれは池袋サンシャインの一番上、地上五九階のレストランではるかと食事をしていたときのことだ。

二年くらい前だったろうか。米粒よりも遥かに小さく見える夜景の灯火の数々を見て、隆治は、この中に何人の暮らしがあり、何人の病人がいて、何軒の病院が何台の救急車を待ち受けている、と言った。はるかはそんなふうに見えないよ、と言って笑った。付き合いたての頃で、隆治が忙しくてあまり会えないのは付き合う前と変わらなかったけれど、それでもいろんなところへ二人で行った。はるかはいつも楽しそうにしてくれていた。

隆治が我に返ると、凜子と葵の二人は座って休憩し、酸素を吸っていた。考えてみれば、二人は休憩のたびに酸素を吸っている。

――本当に登頂できるのかな……。

しかも二人とも頭痛が出ている。つまり高山病になり始めている。葵は何と言っても病人だ。実のところ、自分の脚の付け根も痛みが増している。

――誰か一人がアウトになったら、迷わずリタイアしよう。山頂を目指すのはあきらめよう。

また三人はゆっくり登り出した。

あたりを見回すと、太陽はもう雲海の下にすっぽりと隠れ、だいぶ空が暗くなってきていた。上空には、輪郭のないぼんやりとした雲が夕日を反射して、赤紫に色づいている。

空気が薄くなってきたためか、少しずつ息があがるタイミングが速くなる。一〇歩も登ると胸がドキドキする。

――いま高度は何メートルくらいなんだろうか。

凜子と葵の二人がリュックからヘッドライトを出して装着したので、隆治もリュックの中を探った。

「ない」

「え、どうしたの？」

葵が心配そうな顔で近づく。

「ヘッドライト」

「え？」

「忘れた」

隆治は恥ずかしく思った。歳も上ですべてにおいて先導する立場なのに、ヘッドライトを忘れてしまっていた。

「ま、しょうがない」

と隆治は言った。

「進もう」

次第に暗くなる岩交じりの道で、隆治は足元が暗いまま登らねばならなかった。

そうしてしばらくすると登山道はすべてが岩場になり、砂利道はほとんどなくなった。

「大丈夫?」

隆治は葵に時折尋ねた。

「うん、私はね、私のペースで、登りたいの」

短い息つぎを繰り返しながら、きちんとこの長めの言葉を言い切る。葵は必死だった。

凜子も無言で登り続けた。実は凜子には軽い頭痛と吐き気があったが、それを言ったら隆治に頂上まで行くことを中断させられそうだったから黙っていたのだった。

隆治は凜子の不調に薄々感づいていたが、何も聞かなかった。

*

「是ヨリ八合目」と看板のある山小屋に着いた。三人は山小屋前の長椅子に座った。そこに座っていいのかどうかもわからなかったが、もう余計な発言は誰もしなかった。三人は疲れ切っていた。風が出始めていた。

隆治はお菓子を食べようとリュックを漁《あさ》ったが、登りながらちょこちょこ食べたおかげでもうなくなっていた。

「誰か食べるもの持ってない？」

隆治が尋ねると「持ってない」「全部食べちゃいましたぁ」と二人が答えた。

「あれ、あのおつまみセットとか誰も持ってきてないのかな？」

どうやら三人それぞれが大量に持ってきたお菓子は、レンタカーの中に置き忘れたらしかった。

——しまった……もっとちゃんと自分が言っておくべきだった……。

自分のリュックには非常用のブドウ糖タブレットが入っているだけだ。これは遭難など本当の緊急事態以外には出さないつもりだった。三人以外にも、道端や山小屋、山頂、下山中に低血糖発作を起こす人がいたときにこれで救うつもりだったのだ。でもこうなったら仕方ない。

「はい、じゃあブドウ糖を配るよ」

隆治は一〇円玉大のタブレットをみんなに配った。

「美味しい」

葵が嬉しそうに食べている。

隆治は、このあと誰かが低血糖になったらどうしようかと考えていた。

それに静脈注射用のブドウ糖くらい持ってくるんだった、と後悔した。

注射器と針、

気温がどんどんと下がっていくことも、隆治は心配していた。いますでに一〇度は下回っているだろう。時折ごうごうと強く吹き付ける風のせいで、体感温度はさらに低い。太陽も完全に沈み、もはや目を凝らさなければ二人の表情は見えないほど暗くなっていた。

もはや何回目かわからなくなった休憩を終えて、再び三人は登り出した。隆治は変わらず三人の最後尾を歩いた。

葵はかなりきつそうに顔をしかめている。凛子もほとんど無言でずっと登っているのはおそらく、限界が近いのだろう。運動不足かつ寝不足の研修医の体力は、どのくらいあるんだろうか。休まず週に九日分ほど働いている凛子はかなり体力はあると思っていたが、こういう登山のようなスポーツだとまた別なのかもしれない。

三人は暗い登山道を登っていた。隆治はヘッドライトがないせいでさらに真っ暗な中を歩かねばならなくなった。脚の付け根がさらに痛む。息があがり、ぜいぜいと呼吸が荒い。

ふと、隆治は鼻歌を歌った。

白い坂道が夜まで続いていた
ゆらゆらかげろうが　あの子を包む
だれも気づかず　ただひとり
あの子は　昇ってゆく
何もおそれない　そして舞い上がる

これほど息が苦しいのに、なぜ歌い出したのかは自分でもわからない。しかもよりによって「ひこうき雲」だ。しかし途中から、前を歩く二人もハミングしだした。三人とも歌詞はあんまりわからない。

空に憧れて　空をかけてゆく
あの子の命は　ひこうき雲

三回歌い切って、隆治は黙った。すると他の二人が交互に歌い出した。息は苦しそう

ていた。

だが、途切れ途切れで歌い続ける。

すっかり暗くなった夜空には天の川と無数の星が光っており、何万年も前の光を届けていた。


しばらくして歌い終わると、また三人は黙って登った。少し広い登山道に出たので、隆治はペースを上げて葵に並び、登りながらその顔を見た。葵はうつむき加減で一歩一歩踏みしめて登りながら、どこか近寄りがたい迫力を放っていた。

「大丈夫、向日さん」

「うん」

「一緒に行こう」

言葉も少ない。低酸素状態とそれによる高山病、脱水による低血圧、エネルギー消費過多による低血糖──何が起きていても不思議ではない。隆治にできるのは励ますことくらいだった。いつの間にか後ろに回っていた凜子は、無言で歩いている。おそらく限界なのだろう。

周囲には人はまばらで、ゴールが近いことを予感させた。もう隆治には写真を撮る余裕はない。ただ一歩一歩、足を上げて前に進める。真っ暗な霊峰の溶岩を、踏みつける。右脚の付け根の痛みは徐々に強くなっていた。時折吹くだけだった強風はいつの間にかずっと吹いており、三人の体温を少しずつ奪っていた。

隆治がふと山の上のほうを見上げると、山小屋らしき灯りが見えた。きっとあれが今日宿泊する予定の「頂上の館」だ。「頂上の館」は山小屋の中でもかなり高地に立っている。その安直なネーミングが、いまはありがたく思えた。

「山頂まであと200m」

おぼろげな隆治の視界に、看板が見えた。もはや葵と凜子を気遣う余裕はない。

富士山の一〇〇メートルは、地上での一〇〇メートルと何もかもが違う。強風、暗闇、低い酸素分圧。隆治は登りながらモニターを取り出し、自分の指におもむろにつける。

［86％］

もしここが病院だったら酸素投与マスクを五リットル／分で開始するレベルだ。そうか、あの患者さんたちはこんなに苦しかったのか。ぼんやりとした頭の中で隆治は考えた。

「山頂まであと100m」

葵は五歩登るたびに一旦止まり、深呼吸をして息を整えた。しばらくして、その間隔は少しずつ短くなり、四歩、三歩で一度深呼吸をするようになった。深呼吸のときに天を仰げば、ばらばらと無造作にこぼれた無数の星が見守っている。しかし見てもなんの感動も湧かない。

そうして一時間半ほど登り続けただろうか。

ついに三人は、最後の階段に来た。階段の上には「頂上の館」の木の看板が出ている。

「ウォー！」

「やったー！」

葵と凛子が歓声をあげる。隆治は何も言わない。

じっくりと、綺麗に舗装された階段を登っていく。

階段の幅は広く、三人は横に並んでゆっくり一段一段上がっていく。

「向日さん、転ぶなよ」

返事はない。葵はもう限界だろう。黙々と登る。

山小屋の灯りが、闇に慣れた隆治の目には眩しい。

——あの灯りの電力はどうやって供給しているんだろう?

そんなことを考えていた隆治は自分の呼吸がかなり速まっていることに気づき、意識的にゆっくり大きな呼吸をした。

足元を見ながら、隆治は一段一段登っていく。少し高めの階段が苦しい。膝や股関節はぎしぎしと軋《きし》み、心拍数は一四〇くらいまで上がりドドドと心臓が横隔膜を叩いていた。心拍数が一四〇とは、全速力で一〇〇メートル走った直後がずっと続いているようなものだ。隆治でさえこれほどキツいのだから、二人はさらに苦しいだろう。とくに葵の呼吸が心配だ。抗癌剤治療でおそらく体力はかなり落ちているだろう。

そう考えた瞬間に自分の呼吸苦と関節痛は忘れていた。人に気を配りながら登ると、自らの苦痛はだいぶ楽に感じるのかな、と隆治は思った。

まるで下りエスカレーターを逆走して登り続けるような、いつまで終わるかわからないとも感じた階段は、ようやく最後の一〇段ほどになった。一段一段がさらに少し高くなる。足の裏の足底筋がつっぱり、ぴんと痛む。もはや力の入らなくなった筋肉を、他のいろいろな筋肉で代替して、登る。

ちらと見上げると、すでに先に登り切った凜子が上からこちらを見ていた。

「葵ちゃん、がんばれー!　あとちょっとですぅ!」

隆治の隣で葵は一段ごとに大きく深呼吸をしている。

あと三段……二段……一段……。


ついに登り切った。

葵はその場で座り込んだ。

「大丈夫？」

隆治が息を弾ませながら声をかけると、声を出さずにうなずいた。かなり苦しいのだろう。

暗い中で、ごうごうと強い風が吹いている。


三分ほど座ってから、葵は立ち上がった。

「葵ちゃん、もう少しで山小屋ですぅ」

「うん」

少し平らな道を歩くと、頂上の館の看板の前に来た。

山小屋の中に入ると、二〇畳ほどの畳の広間はすでに半分照明が落とされていて薄暗かった。

するると、紺色の大きな半纏を着た若い男が近寄ってきて、小声で話しかけてきた。

「消灯の時間はとっくに過ぎていますので、みなさん静かに上がって荷物を置いてください」

感激の声もあげることができぬまま、三人は静かに準備をした。見ると奥のほうでは登山客一〇人くらいが布団をかぶってすでに眠っているようだ。部屋の入り口側、手前のスペースには茶色い折りたためるテーブルと、お弁当が三つ置いてある。三人は登山靴をぬぎ、手袋を外した。

「お腹空いたね」

低血糖寸前の状態だったのだろう、三人はがつがつと無言で食べた。

隆治はリュックからモニターを出して葵の左手の人差し指につけようとした。葵は素直に左手を差し出した。

[88%]

「どう？　せんせ」

「まずまずかなあ。病院でこれを見たら『すぐ入院しましょう』と指示するところだよ」

冗談のような、本気のような顔で隆治は言った。

見たところ葵の顔色はそれほど悪くない。隆治は葵の右手で脈をとったが、血圧は一二〇はありそうだった。

「バイタルOK」

隆治はわざと口に出して言い、にっこりと笑った。

「問題ないよ」

「ありがと、せんせ」

葵が、にっと笑った。

三人は再び無言で食べる。

「すみません、ビールありませんか」

隆治が近くに座っていた半纏の男に尋ねた。

「あります。六〇〇円です」

隆治は三〇〇〇メートルを超えた高地でのビールなんてめったに飲めないからと思ったが、よく考えると飛行機の中ではその三倍の高度一万メートルでビールをよく飲んでいたことに気づいた。「一番搾り」の三五〇ミリ缶を開けたカシュッという音で、すぐ近くで腕を組んだまま眠っていた六〇歳くらいの男性が、体を動かさず目だけを開けると、じろりと隆治を見た。

隆治は目をそらしごくごくと飲んだ。咽頭《のど》と食道が炭酸で焼け付く。

弁当はもちろんそれほど豪華なものではなかったが、ぶりの照り焼きとご飯、サラダという内容で想像以上に充実していた。葵はきれいに全部食べたが、凜子は途中で気分が悪いと言って、弁当の半分以上を残した。

凜子は暑くなったらしく、上着を脱いだ。凜子の着ている「SeeByChloé」と書かれたカラフルなTシャツがなんとも場違いで、隆治にはおかしかった。

「それでは、みなさんの寝るところはこちらです。明日は一時半に強制的に布団を剝がさせてもらいますのでご了承ください。だいたい二時から出発すればご来光は頂上で見られるでしょう」

半纏の男は丁寧に説明してくれた。なかなかの男前だった。

「じゃ、私、横になるね」

小声でそう言うと、一足先に葵が一番奥で横になった。

凜子と隆治も息を殺しながら荷物をまとめ、横になった。布団は一人一つずつもなく、三人で二つを使うくらいだったが、それでも布団があるのは隆治にとって嬉しい想定外だった。

硬い布団に横たわると、急激に眠気が押し寄せた。いつも横を向いて寝る隆治も、仰向けのまますぐに眠ってしまった。

*

睡眠の一番深いところで、しかし何かに気がついた隆治は目を覚ました。まるで当直中のようだ、と思った。

気配がしたのは凜子がもぞもぞと動いたからのようだ。

「大丈夫？」

いつの間にか横向きになっていた体はうまく動かない。

「はい、頭が痛くて」

高山病だろうか。

「起きる？」

「我慢します」

凜子は首を振った。

そういえば凛子は、夕食をけっこう残していた。

逆回しのムービーをゆっくり見ているように、少しずつ思考の連続性を取り戻す。しかし体はまだ動かない。右手の中指がぴくりと動いた。

――ノンレム睡眠の一番深いところだったのか……。

「吐き気はないの？」

「気持ち悪いです」

隆治は横になったまま凛子の頭を見た。凛子の柔らかくうねった細い栗色の髪が、すぐ目の前にある。

じっと見ていると、隆治は眠くなった。


「先生」

再び凛子が小声で隆治に声をかけた。隆治は自分が再び眠っていたことに気づき、ごまかすように「どう」と言った。

「ちょっと吐きそうですぅ」

「わかった、外に出よう」

今度は体に力が入る。音を立てないようにそっと起き上がった。凛子も静かに起き上がる。山小屋の中ではみな死んだように寝ていた。いびきをかく人がいなかったら、一人一人声をかけていきたくなるほどだ。

山小屋の外に出ると、暗い中へッドライトをつけた何人かの登山客がよろよろ歩いていた。山小屋に泊まらず一気に登るのだろう、みな一様にくたびれて、下を向いていた。

「トイレ行ってきな」

「はい」

「小銭持ってるか？　多分二〇〇円だぞ」

「ありますぅ」

凜子はそう言うと山小屋をぐるっと回り、横にあるトイレに入った。

隆治は、山小屋の前の手すりにもたれると、これまで登ってきた登山道を見た。ゆらゆらと揺れるヘッドライトの灯りが点々と見えるが、それらは連なり、まるで何かの行列のように思えた。

「すみませんでしたぁ」

凜子が戻ってきた。ずいぶんと顔色が良くなっている。

「はい！　吐いたらすごくスッキリしましたぁ！」

「吐いたの？」

「良かった、はいこれ」

そう言って隆治は水のペットボトルの蓋を開け、渡した。

「口をゆすぎな」

「ありがとうございますぅ」

そう言って凜子は口をゆすぎ、物陰にぺっと吐くとペットボトルを隆治に返した。髪が一本、唇についていた。

「じゃあ戻ろうか」

「はい」

そう隆治が行って、山小屋に入ろうとすると、凜子が言った。

「先生」

隆治は足を止めて、「ん？」と返事した。

「あの……」

「なんだ、まだ吐きそうか？」

隆治は再びペットボトルの蓋を開け、渡そうとした。

「あ、違うんです」

「じゃあなんだ？　頭痛か？　酸素はリュックの中なんだよな」

とペットボトルの蓋を閉めながら言った。

「そうじゃなくて」

凜子は髪を右耳に掛けながら言った。

「葵ちゃんのこと……」

「ん？」

「葵ちゃんの登山、一緒に来てくださってありがとうございましたぁ」

「ん」

「でも、先生はなんで来てくれたんですかぁ」

山小屋の下のゆらゆら揺れるヘッドライトの列は相変わらず続いていた。まるで無限に続くかのように、ずっと下のほうまで連なっていた。

「なんでだろ」

隆治は山小屋の下を見ながらぼそりと言うと、

「さ、もう休もう。あと二時間くらいでまた出発だ」

と言い、凛子の背中を押して山小屋に入るよう促した。

ちらと空を見上げると、星がくずれて降ってきそうなほどの夜空だった。

＊

「起きてください！　起床です！　起きてください！」

山小屋の若い男が突然、大声を出した。

「早く起きてください！　準備をして出てください！　ご来光に間に合いませんよ！」

大声で連呼する。あたりの眠っていた人たちは皆びっくりしたようだが、急いでリュックを担ぎ始めた。

「葵ちゃん、大丈夫ですかぁ？」

凛子が、眠そうに目をこする葵に尋ねた。

「うん、けっこう休めた」

葵の顔色はいい。隆治はほっとした。

「それじゃあ行こうか。ここから二時間くらい登ったら山頂だ」

「ホント！　もうすぐじゃん！」

葵の顔が一気に笑顔になる。

「でも高度がかなり高いから、慎重に行こう」

「慎重とか言ってられない！　絶対登るから！」

葵は嬉しそうに言うと、勢いよく立ち上がった。

「大丈夫なの？」

隆治が葵に聞こえないように、後ろにいた凜子に振り返って聞いた。

「はい、あの後よく寝ましたからぁ！」

「そっか」

「すみません、いろいろと」

「え？」

「いえ」

そう言うと凜子は隆治のリュックをぐいと押した。

「さ、行きましょ！」

三人はまた、真っ暗な岩だらけの道をヘッドライトで照らしながら登り出した。山小屋から始まるこの道は、まるで砂場を歩いているようで、真新しい登山靴がずぶずぶと埋まり歩きにくい。疲れやすいな、と隆治は思った。なだらかな登り道だったが、時折現れる人間の頭部くらいの岩に足を引っ掛けないようにするため、ヘッドライトで照らしながら足を進めるところを選択しなければならなかった。

真夜中の標高三五〇〇メートルの空気は冷たかったが、少し仮眠をとったおかげか隆治にはそれほど寒くは感じられなかった。

見上げると、山頂へ向かうヘッドライトの列がずっと上のほうまで連なっている。三人は黙って登った。山小屋に泊まる前より少しゆっくりとしたペースだ。点々と連なるヘッドライトの列の一部に加わり、ただただ足を上げ前に進め重心を移動させる。その行為を無心に続ける。

ふと葵が立ち止まった。足元を見つめ、深呼吸をしている。

「葵ちゃん。だいじょぶ?」

凜子が肩を上下させながら、途切れ途切れに言った。

葵は黙って手を胸に当て、深呼吸を続ける。

「ちょっと休もう」

隆治はそう言うと、二人を暗い道の脇に避《よ》けさせ追い越す人々を先に行かせた。

「ゆっくり、大きく深呼吸をして」

隆治が言い、自分も深呼吸をした。

「ゆっくり、もっとゆっくり」

葵と凜子は目をつぶり、深呼吸を続けた。

「無理はしちゃいけない」

隆治が葵に言った。

「ごめん」

葵が目を開けた。

隆治は葵の目を見た。黒いはずの目が、蒼みがかって見える。隆治は嫌な予感がした。

リュックからモニターを急いで出し、葵の指にはめる。

［83％］

——これはまずい……。

とっさに外し、自分の指にはめた。［89％］と表示されている。

「苦しい、よね」

葵は目を閉じ、うなずいた。

凛子もまた、隣で苦しそうに座っている。また高山病だろうか。

隆治はリュックから酸素の缶を二本取り出し、二人に渡した。しかし、葵は酸素の缶を受け取ったまま吸わず、目をつぶったままうなだれている。

――意識《レベル》が悪いのか……。

追い越す人がちらちらと見てきて、そのヘッドライトがいちいち葵を照らす。どう見てもぐったりとしている葵が気になるのだろう、しかし誰も声をかけてはこない。皆きついのだ。

隆治は急いで酸素の缶を開け、葵の口に当てた。

「はい、吸って！」

耳元で大きな声をかける。弱々しく葵が吸う。モニターを葵の指にはめ、何度か酸素を吸わせた。モニターの数値は83％のままだ。葵は小声で「苦しい」と言った。

――ここで気胸とか起こしてたらアウトだ……。

隆治は聴診器で葵の胸の音を聞きたい気がしたが、聴診器自体持ってきていないし、こんなところで胸の音を聞くことは不可能だった。

葵に酸素を吸わせながら、凛子も真っ青な顔で酸素を吸っているのが見えた。

――やめる、か……？

二人のコンディションからして、もう限界なのは明らかだった。酸素もいつまでもつかわからないし、栄養補給ももうできない。何より、葵は危険な状態なのかもしれなかった。

自分が判断するしかない。いまこの場では、隆治にすべてが委ねられていた。

——どうする……。

そのとき、三人を強風が吹き付けた。ごう、という音とともに冷たい風が体を揺らす。

「やめようか」

隆治は大きな声で言った。

凛子は隆治を見た。何も言わなかったが、同意しているようだった。

酸素を吸っていた葵は、ゆっくり顔を上げた。

「お願い」

まだ息は苦しそうだが、しっかりとした声で言った。

「行く」

「いや、でも」

「やめない」

葵の目は真剣だ。

——どうすれば……。

葵はいきなり立ち上がった。

「行く」

「ちょ、ちょっと待って。息、苦しいだろ」

葵は黙っている。凜子は不安そうに立ち上がった。

「嫌だ」

葵は歩き出そうとする。

「わかった、じゃあせめてモニターだけもう一度つけさせて」

「せんせ、大丈夫。ごめん、行こう」

そう言うと、葵は強引に登山者の列に割り込んで歩き出した。

隆治と凜子は慌ててついていく。

——大丈夫なわけがない……。

隆治はとりわけ葵の肺転移が心配だった。肺転移のところから肺に穴が開いて気胸になるなど、聞いたことはない。しかしここは気圧が低い高地だ、何があるかわからない。気胸になってしまっていたら、最悪の場合、緊張性気胸になって死んでしまうかもしれない。

しかし、それを確かめるすべはない。

――突然倒れるかもしれない……。

隆治はそう思いつつ、歩くしかなかった。幸い、後ろから見ていると葵の足取りはまずまず、しっかりしている。

再び三人は光の列に入った。今度は葵が一番前、隆治が続き、凜子が一番後ろにという順だ。

凜子のすぐ後ろには白いニット帽から金髪を覗かせた女性がいた。フランス語を喋っているようだ。三、四人で来ているらしい。

しばらく彼らは後ろについて一緒に登っていた。

隆治にはフランス語はまったくわからない。それでも、不思議な異国語の発音を聞いていると、時折強風の吹く暗闇の急な上り坂を、一歩一歩登る隆治の心が不思議と鎮まった。なぜか、「行ける気がする」と思えてきたのだ。

そのとき、隆治の頭に強烈な衝撃が走り、思わず後ろによろめいた。その直後、

「落石ー！」

という声が聞こえた。それを聞いた人がまた「落石！」と下に伝える。

隆治は後ろに倒れる寸前で、右足でなんとか体を支えた。脚の付け根がずきんと痛む。

——なんだ、何が起きた。

隆治は右の額に熱を感じた。垂れてきた熱い液体が、眉間を流れる。手で拭う。

「先生！　血が！」

凜子が叫んだ。

——血？

言われて自分の手を見ると、赤い血がべっとりとついている。

「大丈夫!?」

葵が叫んだ声を最後に、隆治はゆっくりと倒れた。フランス語の叫び声のようなものが聞こえた。

＊

気づくと隆治は、暗闇の中で横になっていた。額がズキンと痛む。

「先生、気づきました？」

顔を覗き込んでいるのは、凛子だった。

「あ、ああ」

隆治は一瞬自分がどこにいるのか、わからなかった。が、空に無造作にちりばめられた星が目に飛び込んできて、富士山の登山の途中だと思い出した。

「ごめん、気を失っちゃってたか」

「はい」

「どれくらい?」

「えと、二分くらいですぅ。落石が上から来て、先生のおでこにヒットしちゃったみたいで。一応圧迫止血したらすぐ出血は止まりましたぁ」

上半身を起こし、隆治はゆっくりと立ち上がった。

手袋を外し、額の右を触る。キズの大きさと深さを測る。キズ自体は二センチほどだが、深さは指を入れるのが怖く、わからない。

——浅側頭動脈《せんそくとうどうみゃく》から出血した、か……いや大丈夫だな。

「あれ、向日さんは」

「あ、あっちで座って休憩してもらってますぅ」

見ると、岩に座ってこちらに手を振っている。幸い元気そうだ。その手前では登山者がぞろぞろと登っている。隆治が倒れていたのは、ちょうどカーブの膨らみのところだったようで、運良く通行の邪魔にはならなかったようだ。

「……先生……」

凜子が心配そうな顔をしている。

「大丈夫だよ」

「もうやめましょう……」

——やめる……自分が原因でなんて、やめられない。

「いや、行こう」

「でも……頭蓋内出血《とうがいないしゅっけつ》とか……」

「うん、気分悪くなったら言うから」

「はい……」

二人は少し離れた葵のところまで行った。

「ごめんごめん」

「せんせ、大丈夫ー?」

「うん、大丈夫です、ちょっと痛いだけだから」

葵は突然顔を寄せると、隆治の耳元で囁いた。

「やめても怒らないよ」

隆治は一瞬、考えた。頭を打って、もし凜子が言うように頭蓋内出血になっていたら、数時間以内に病院に行かないと自分の命も危ないだろう。キズの深さはたいしたことなさそうだが、また出血するというのも怖い。

――しかし、これが向日さんにとってラストチャンス……次はもうないんだ……。

「行けるよ、ありがとう」

そう言って、ニッコリと笑った。額がズキンと痛んだ。

「ありがと、せんせ」

また三人は歩き出した。


それから二〇分ほども登っただろうか。葵は相変わらず苦しそうだったが、無言で登り続けていた。

「見て」

葵が言って右手を上げ、前のほうを指し立ち止まった。

「鳥居だ」

白い木で作られた鳥居が、突然現れた。もっと前から見えていたはずだが、足元ばかり見ながら登っていたから気づかなかったのだろう。

暗闇にポツンと立つ、ヘッドライトの光を受ける白い鳥居は、少し不気味に見えた。

「こわい」と葵が言った。

「私もですぅ」

「大丈夫だよ」

隆治がゆっくりと言った。

「鳥居の向こうは、神様がいる場所だから」

そこまで言って、一度大きく深呼吸をした。

「あちら側には、富士山の神様がいる。挨拶に行こう」

「うん」

二人はうなずくと、ゆっくり歩き出した。

体じゅうのすべての臓器が、過剰なまでに稼働していた。そうしてやっと、三人は登り続けていた。

一〇歩歩くと、三分休む。そんなペースが続いた。もはや登っているより休んでいる時間のほうが長かった。強風は相変わらず吹き付けていた。隆治は「深呼吸、深呼吸」

と言い続けていた。凛子と葵は声を出さずに歩いた。

しばらくして神社があった。「迎久須志《むかえくすし》神社」という看板があった。近くには「9合目（標高3600m）」と書いてあった。

「さっきのはこれか」

葵が言った。鳥居のことを言っているのだろうが、疲れていて言葉も出てこないのだ。

「そうだな」

鳥居を抜けて、三人は登り続ける。

しばらくすると、道にはブロックのような四角い石、そしてにぎりこぶしくらいの石がまばらに転がり、砂粒がそれらを薄く覆っていた。

「ねえ、また！」

先頭の葵が大きい声を出した。一番後ろを歩いていた隆治は、ごうと急に吹いた強風の中に葵の声を拾い、やっとのことで顔を上げた。遠くにまた鳥居が見えた。隆治は一瞬幻かと思ったが、すぐに、

「あれが山頂じゃない？」

と言った。

「おおー！」

凛子が大声をあげる。

「葵ちゃん、行けるよ！」

「うん！」

「大丈夫？」

「うん、凛子ちゃんは？　頭痛は？」

「大丈夫！　一緒に行きましょうー！」


二人の会話を聞いていた隆治は、突然涙が出て止まらなくなった。

隆治はぼろぼろと泣きながら足を動かした。一番後ろを歩いているので、二人には気づかれていない。まばたきのたびに涙は頬に落ちたが、しずくの幾つかは突風がさらっていった。隆治は黙って登った。

――俺はきっと、この瞬間を生涯忘れないだろう。

風は少し和らいでいたが、時折強い突風が吹いた。葵は自分を抱えるように両手を交差させている。

「ねえ、何あれ！」

葵が再び声をあげた。

遠くからは見えなかったが、近づくと鳥居の手前に狛犬が見えた。

「狛犬だ！」

隆治が叫んだ。額のキズがズキンと痛んだが、構わなかった。

「本当ですぅ！」

「さっきの神社の狛犬だ！」

「面白いね」

葵が立ち止まって言った。

「富士山の山頂には狛犬がいたんだね」

「ほんと、面白いですぅ」

狛犬の座す石を触る。ざらりとした感触が、隆治を現実に引き戻した。

――そうだ、まだ終わったわけじゃない……。

三人はいよいよ山頂へと向かった。狛犬から一〇段ほど石で作られた階段がある。溶岩で作られているようだが、きれいに平らになっていた。

「最後は階段なんだね」

葵は笑った。

「三人で登りましょうぅ」

「いいね」

葵を真ん中にして三人は手を繋ぐと、階段を一段一段登った。

「ここで転ぶなよ！　慎重に！」

隆治が言った。

一段が高い。段差が本当に苦しい。脚の付け根も、膝も、足首も、どれも自由に上がらなかった。


ついに、三人揃って最後の一段を登った。

「やったー！」

凜子が大声をあげる。

「登った！」

隆治もつられて大きな声を出した。

葵は、声を出さずに顔じゅうで笑ってみせた。最後の階段がかなり苦しかったのだろう。

「葵ちゃん、すごいよ！」

「よく頑張った！」

葵は笑顔で返した。

「じゃあご来光を待つ場所を探そう」

「そうですね！」

凛子と隆治が話しながら歩き始めると、葵がついてこない。

「あれ、葵ちゃんどうしましたぁ？」

凛子が声をかけると、葵は立ち止まって下を向いていた。

凛子は葵に歩み寄った。


葵は泣いていた。

わがままを言い無理に二人を連れてきて、登山のすべてを二人に委ねていた。無茶なのは承知だった。

葵は泣いていた。声を出さずに泣いていた。

「葵ちゃん、泣かないで」

凜子が優しく葵の頭を帽子の上から撫でた。

葵はしばらくの間、階段を登り切ったところで泣いていた。他の登山客たちが横を通った。

「雨野先生、凜子先生、ごめんね」

「何言ってるんですかぁ」

凜子は思わず葵を抱きしめた。

しばらくの間、隆治は二人の隣でそのまま立ち尽くしていた。隆治は抱きしめるかわりに、目をつぶると、祈った。この子が幸せに包まれますように。恐怖や苦痛から、少しでも護られますように。


「ごめん」

葵が泣き止み、二人は離れた。

「もうちょっとだよね、歩こう」

三人はまた、歩き出した。

登山中は真っ暗だったが、山頂は神社や山小屋の灯りで明るく、たくさんの登山客で混雑していた。「食事処　豚汁」と書かれた看板の店から温かいけむりが上がる。満足げな登山客が大勢行き来している。土産物屋が威勢のいい声をあげていて、たくさんの人が群がっていた。まるで夏祭りのようだ、と隆治は思った。

＊

三人はしばらく歩くと、溶岩が積み上げられてついたてになっているすぐ下に場所を取り、リュックを下ろして腰を掛けた。山頂は強風が吹き続いていたが、崖のおかげでそこだけ風を少し避けられた。

「はい、これ」

隆治が二人にオレンジの四角いパックを手渡した。

「なんですかぁ、これ？」

「レスキューシートだ。開けてこれにくるまるとだいぶ暖かいから」

二人が広げると、薄い金属のようなオレンジ色のシートが出てきた。隆治も自分のレスキューシートを広げ、くるまった。

「体に巻きつけておくと寒くないから」

「本当だ！」

葵がはしゃいでいる。

「先生、さすがですぅ」

凛子もシートにくるまった。

「さ、これからゆっくり明るくなるからな」

「うん」

葵が返事をした。


山頂はびゅうびゅうと風が音を立てており、周りの人々はしゃがんで縮こまっている。シートと帽子のおかげで露出しているのは顔だけだが、それでも冷たい風が頬を切るようにして吹いていく。

「寒いね」葵が言った。

「うん、大丈夫か」

「うん、ここまで来たんだもん。あとは待つだけだよ」

凛子はシートに頭からくるまって眠っているようだ。

風が吹くたびに、カサカサとシートが音を立てる。

「凛子ちゃん」

葵が声をかけた。

わずかに凜子が動き、シートの隙間から目だけを出した。

「はい」

「大丈夫？　寒い？」

「寒いですぅ。でも大丈夫ですぅ。疲れました」

「そうか。眠いの？」

「はい、ちょっと」

——まさか低血糖じゃないだろうな……。

嫌な予感がした。

——そうだ。

隆治は手袋を外すと、自分のリュックを何やら探し出した。

「あった。これを」

取り出したのは「ブドウ糖」の紫色の袋だった。隆治は幾つかタブレットが残っているのを確認し、二人に手渡した。

二人は黙って袋を開け、ブドウ糖のタブレットを口に入れた。

「美味しい！　もうないの？」

葵が言う。

「ほんと、美味しいですぅ！」

「これで終わりなんだよ」

良かった、少しは低血糖を免れることができるだろう。こんなことなら山頂の店で何か食べさせておくんだった、と後悔した。


真っ暗だった空は、いつの間にか端のほうから空がかすかに白み始めてきていた。隆治が手元に目をやるとまだ真っ暗でよく見えない。体を大きく倒して見上げると、銀粉を塗《まぶ》したような小さな星が無数に光っている。寒さに隆治は首を縮こめ、うつむいた。

「太陽が近づいてきたみたい」

ぽつりと葵が言った。

空を見ると、少しずつ白くなった境界が、その幅を広げていく。空の端がうっすらと水色に透け、まだ濃紺の上空までグラデーションになっていた。

「うわあ……」

葵が声を漏らす。

見ていると、空と地上の間が黄金色に色づき始めた。まだ上らぬ太陽の光を受けて、逆光で黒い筋として空に映る雲は、ずっと遠くに感じられた。

暗い空がさらに押しやられ、星たちが音もなく退散していく。地上はまだ暗い。自分の手も見えない。

「もうすぐだ」

隆治が思わず独り言を言う。

葵は黙って前を見つめていた。隆治はちらと葵の横顔を見た。横顔に隆治の視線を浴びても少しも動くことなく、ただまっすぐ前を見ていた。頰は寒さで紅潮し、唇は乾いて皮が剝けていた。顎のあたりには日焼け止めが伸ばされていない白い線があった。

そのときだった。

ふと、風が止んだ。先ほどまで三人に吹き付けていた山頂の強い風が、まるでスイッチをぱちんと切ったように止まった。すると、あたりはとたんに深い海の底のように静かになった。

その次の瞬間、雲海の上から眩しい光が漏れ出て、周りの雲をわずかにオレンジ色に染めた。半円形の、さらに上半分が雲から出てくるとすぐに星という星は消え、雲海はただ黙ってその光を待っていた。

「きれい……」

それはみるみる姿を現し、すぐに半円になった。

三人の体は久しぶりに陽の光に照らされた。光は世界を包んでいた。光は内から世界に向けて分子として拡散し、衝突しては分散した。あるものを照らし、またあるものを温めた。同時に、光はひと幅《はば》ずつの波として、雲海と人々に押し寄せた。一つ波が来ては世界は茜色《あかねいろ》に塗り替えられ、また次の波が来ると上塗りされた。

「あったかい……」

葵が言った。

「ホント、すごくあったかいですぅ」

二人の顔は赤く染まっていた。

「良かった、本当に……。良かった……」

凜子が声を詰まらせた。

隆治は葵を見た。

葵は泣いていた。

まばたきもせずに、まっすぐに光のほうを向いて涙をこぼしていた。両手を固く握りしめ、顔にかかる髪を避けようともせず。

隆治は何も言わず、前を向いた。そして世界が一秒ごとに更新されていく、その景色を見た。もう額の創《きず》は気にならなかった。


どれくらいの時間だろうか。三人はそのまま、出てきたばかりの太陽を見ていた。体が温められていく。


「ねえ」

葵が小さな声を出した。

「二人とも、ありがとう」

「葵ちゃん……」

隆治は黙ってご来光を見つめた。

「二人がいなかったら、私、来れなかった。絶対」

「葵ちゃん、そんな……」

凜子は涙声だ。

「あのね、二人に約束するよ。私、絶対治すから。この病気、治すから。だから、おじいちゃんとおばあちゃんになるまで友達でいて」

「葵ちゃん……」

そう言うと凜子は葵を抱きしめた。

隆治は何も言わない。まるで口が縫い付けられてしまったように、何も言えないのだ。

「本当にありがとう。私、絶対に治すから。絶対」

その言葉は嗚咽《おえつ》に変わった。葵と凜子は泣きながら抱き合っていた。

涙で髪が張り付いた顔で、葵は隆治を見た。

「せんせ、ありがと」

そう言い、笑顔になった。

何かを言いたい。でも、何も言えない。

一言でも発したらすべてが虚《うつ》ろになってしまう気がした。

「ねえ、あったかいね」

「うん、あったかいですぅ」

「せんせも抱きつけばいいのに」

「いや、そんなことできないよ」

隆治はそう言うと、もう一度まっすぐにほぼすべての姿を現した太陽を見た。

眩しさに目がくらむ。それでも、じっと太陽を見つめた。

——世界は変わる。信じれば、本当に変わるのかもしれない。頂上にだって来れたんだ。できないことなんてない。

冷たい風が隆治の頬を撫でた。

エピローグ

しばらくご来光を見ていた三人は、下山を始めた。

下りは面白くもなんともない。ジグザグの柔らかい砂場のようなところをずっと下りていく。草木もなく、景色も砂と岩だけで味気ない。

ジグザグがずっと先まで続いていた。


張り詰めていた緊張がほぐれてしまったのだろうか、下りのほうが、葵には辛そうだった。隆治と凜子はたびたび止まり、休憩をした。その間、大勢の登山客が三人を追い抜いた。夜が明けていて、徐々にまた気温が上がってきている。強風もいつの間にか落ち着いていて、だんだんまた暑くなり始めていた。

下山が半分を過ぎたあたりで、葵はついに立ち止まってしまった。

「ごめん、もう無理」

隆治は担いでいくことも考えたが、そんな体力は自分にも残っていない。座り込んでしまった葵を囲んで、凜子と相談していた。

「じゃあリュックを俺が持つから、両側から肩を持って……」

「先生……私も実は限界ですぅ」

「えっ……」

「実は足、何度かつっちゃってて……」

凜子がすまなそうな顔をする。

万事休すだ、と隆治が思ったそのとき、

「あれ、どしたの？」

と声をかけてきた男性がいた。

山小屋のスタッフなのだろうか。それにしてもへろへろの帽子の下にはサングラス、Tシャツに短パン、そしてリュックもなく手ぶらという謎のかっこうだ。

「もう歩けないの？」

「そうなんです。この子、病気があって」

「そう……救助とか呼んでもいいけど、大事《おおごと》になっちゃうしなぁ」

――救助……。

「あ、それじゃあとちょっと頑張って、馬に乗って下りるのがええよ」

「馬？　馬がいるんですか？」

「うん、金は少しかかるが、楽々よ」

「わかりました、そこってあとどれくらいですか？」

「まあ二〇分も下りればあるよ」

ありがとうございます、と言うと、その男はとんでもないスピードで下りていき、あっという間に見えなくなった。

「向日さん、聞こえた？」

「うん？」

葵には聞こえていなかったようだ。

「あと二〇分歩けば、そこからは馬に乗って下りられるんだって」

「馬！　馬がいるの？」

葵は急に元気になった。馬が好きなのだろうか。

「うん。それくらいまで、頑張れる？」

「うん、頑張れる！」

立ち上がった葵は、唇は乾き疲れ切った顔をしていたが、目だけは力を持っていた。

また三人は歩き出した。葵のリュックは隆治が体の前に持った。葵と凜子は手を繋いで歩いていた。

しばらくすると、葵は少しふらつくようだが、なんとか歩けていた。

日に焼けたおじさんもいた。木で囲われたところに馬がいるのが見える。係の人だろうか、よく
「わぁーい、馬だ！」

葵が喜んでいる。おじさんに話をつけ、五合目まで乗せていってもらうことになった。

葵を馬に乗せると、隆治は気が抜けた。

――これで一安心だ。

「じゃあ先に行ってるね！」

馬上の葵の背中が、ゆらゆらと揺れる。馬の手綱を引いているのは先ほどのおじさんだ。

少しずつ小さくなっていく葵を見ていたら、隆治は急に不安な気持ちになった。もし

かして、もう会えないのではないか、そんな心地がしたのだ。

——そんなはずはない。またすぐ五合目で会えるのに、何を考えてるんだ……。

疲れからか、緊張が解けたからか、弱気になっているのだろうか。

あっという間に、葵は見えなくなった。


それから隆治はしばらく凛子と歩いた。凛子は黙っていた。かなり疲れているのだろう。


小一時間歩くと、五合目の登山口に到着した。

昨日、登山を始めるときと同じくらいのたくさんの人で賑《にぎ》わっている。まるで夏祭りのようだった。

隆治は人混みの中で葵を目で探すが、見つからない。

「葵ちゃん、どこでしょう……ちょっと電話しますね」

携帯電話で凛子が電話し始めた。

「あぁ、葵ちゃんー！　無事ですかぁ？　ええ、ええ」

一秒でも早く葵を見つけたい。

「先生、葵ちゃん、トイレの前に座っているそうですぅ。行きましょう！」

「うん！」

トイレの標識を見つけると、小走りで二人は向かった。途中、人にぶつかるのも構わない。


葵は、地面に座り込んでいた。

「おおーい！」

凜子が大きな声をあげる。

葵は気づいたようで、両手を上げて振っている。

「大丈夫だった？」

隆治の第一声はそれだった。

「うん、大丈夫だった。ありがと」

「体調は？」

「バッチリ。いいうんちも出たし」

そう言うと、にっこり笑った。

「あっ！」

急に葵が声をあげたので隆治は驚いた。

「一個だけ事件があってね。お馬さんに乗ってたら、けっこう揺れるのねあれ、だから座っているところの後ろに手を置いたのよ。そしたらお馬さんのうんちがそこまで跳ねてついてたの！　私、触っちゃった」

「えぇー！　汚いですぅ！」

「手、洗った？」

「すぐに洗った！　でもあったかかったよ」

まったく、なんて子だ。しかし無事で良かった。

二人は葵の隣に座り込むと、空を見上げた。

青い夏が、流れていた。

この作品は書き下ろしです。
ＪＡＳＲＡＣ 出 2100892-410

走《はし》れ外科医《げかい》

泣《な》くな研修医《けんしゅうい》3

中山《なかやま》祐《ゆう》次《じ》郎《ろう》

令和3年3月10日　初版発行
令和6年10月25日　10版発行

発行人――石原正康
編集人――高部真人
発行所――株式会社幻冬舎
〒151-0051東京都渋谷区千駄ヶ谷4-9-7
電話　03(5411)6222(営業)
　　　03(5411)6211(編集)
公式HP　https://www.gentosha.co.jp/
印刷・製本―株式会社　光邦
装丁者――高橋雅之

検印廃止

幻冬舎文庫

ISBN978-4-344-43070-9　C0193　な-46-3